Novembre
veut ma peau

Nous remercions la SODEC
et le Conseil des Arts du Canada
de l'aide accordée à notre programme de publication
ainsi que le gouvernement du Québec
– Programme de crédit d'impôt
pour l'édition de livres
– Gestion SODEC.

  Patrimoine **Canadian**
canadien **Heritage**

Nous reconnaissons l'aide financière
du gouvernement du Canada
par l'entremise du Fonds du livre du Canada
pour nos activités d'édition.

Œuvre de la couverture par
Peter Boyadjieff

Maquette de la couverture et montage de la couverture :
Conception Grafikar

Édition électronique :
Infographie DN

Membre de l'Association nationale des éditeurs de livres

Dépôt légal : 3ᵉ trimestre 2011
Bibliothèque nationale du Canada
Bibliothèque nationale du Québec
1234567890 IM 98765432

Éditions Pierre Tisseyre
ISBN 978-2-89633-222-9
11444

HÉLÈNE ROMPRÉ

Novembre veut ma peau

roman

ÉDITIONS PIERRE TISSEYRE
www.tisseyre.ca

155, rue Maurice
Rosemère (Québec) J7A 2S8
Téléphone : 514-335-0777 – Télécopieur : 450-437-3302
Courriel : info@edtisseyre.ca

**Catalogage avant publication
de Bibliothèque et Archives nationales du Québec
et Bibliothèque et Archives Canada**

Rompré, Hélène, 1978-

Novembre veut ma peau

ISBN 978-2-89633-222-9

I. Titre

PS8635.O473N68 2012   C843'.6   C2012-940797-6
PS9635.O473N68 2012

À Michel Roy pour tenir une vieille promesse.

« *Au mois d'août, bacchante enivrée,*
Elle offre à l'automne son sein
En décembre, petite vieille,
Par les frimas poudrés de blanc
Dans ses rêves elle réveille
L'hiver auprès d'elle dormant. »

— *Hortense Cartier, 1871*

Mathilde

20 octobre 1875

Ma bonne Sainte Vierge.

Je vous aime plus que tout au monde. J'implore votre miséricorde et vous prie humblement de pardonner la mélancolie qui s'empare de moi parfois, à l'approche de l'hiver.

Je sais que je suis bien ingrate, bien impatiente, mais j'ai aussi une demande à formuler. J'aimerais trouver un mari. N'importe lequel fera l'affaire.

L'hiver de ma vie approche. Et j'ai si peur que personne ne veuille de moi.

Carmen

J'arrête le sexe. C'est décidé. J'ai fait le décompte à mon réveil : vingt et un amants. Autant d'ex que d'années de vie. C'est beaucoup. L'acte ne veut plus rien dire. Il doit exister d'autres moyens pour me réchauffer, me dégeler.

Je vais devenir chaste. Pas par conviction. Je n'adhère à aucune religion prônant la morale du siècle passé. Non. L'idée m'a plutôt traversé l'esprit vers cinq heures du matin : garder un nombre d'amants inférieur à mon âge.

Simon roupille encore. Je ne sais rien de lui, sinon qu'il a un visage falot posé sur un corps d'athlète. Je l'ai rencontré dans un abribus. Fin octobre. Une pluie glaciale. Je grelottais. Il m'a offert son manteau. J'ai pensé : « C'est gentil. »

Sa bouche est entrouverte. Il râle comme un assoiffé.

Je tente de le réveiller en lui donnant de petits coups sur le biceps. Finalement, je réussis à le tirer des limbes en lui assénant une claque sur la poitrine. Il jette un coup d'œil à sa montre, grogne un peu et passe son bras autour de mon cou, me clouant contre ses flancs. Je n'ai d'autre choix que d'essayer de me rendormir.

Impossible.

Durant mon cours de psychologie, on m'a appris que le bonheur est l'absence de malheurs. Mon affect est probablement aussi endolori que ma hanche, étouffée sous un énorme quadriceps. Je devrais être heureuse, car rien ne cloche dans ma vie. Et pourtant, tout m'indiffère.

Je ne peux me plaindre de rien. La santé, la famille, les amis, l'argent, ça va. Même chose pour le physique. Si la plupart des Nord-Américaines se font un devoir de détester leur corps, moi, je me contente du mien. Pas d'acné ni de cheveux blancs. Pas de névrose diagnostiquée. Seins fermes, taille raisonnable. Cuisses lisses, fier fessier. Calories illimitées. Jamais de régime.

Bref, l'absence de malheurs ne rend pas heureux. Le repos absolu. Le nirvana. L'ennui mortel. Quand le bonheur règne en maître, il fait froid.

Il est maintenant six heures dix. Je pourrais me jeter par terre. Pourquoi pas pleurer ? Hurler ma rage de ne souffrir de rien.

Simon. J'aimerais le haïr ou l'aimer. Je me résigne à grelotter une heure de plus contre son corps chaud. Jusqu'à ce qu'il parte, que je ne le revoie jamais.

Mathilde

Ma mère me fait monter pour me présenter à trois dames bien en vue de la société montréalaise.

— Voici Mathilde, ma fille unique.

Les amies sont toujours reçues chez nous dans le plus strict respect de l'étiquette, même lorsqu'il s'agit de boire un simple thé. Or, le fait de savoir que chacun de mes gestes est épié et peut me valoir des yeux lourds de reproches me rend nerveuse et prompte à commettre des manquements répétés. Je dois m'assurer que ma main tient la tasse de porcelaine à une distance respectable de ma bouche, me montrer sous un jour placide et me composer une expression dénuée de toute arrogance.

Durant pareils moments, je rêve de me retrouver à mille lieues d'ici et de danser sous les tropiques, complètement nue.

Une dame, vêtue d'une lourde jupe en tartan, braque sur moi un regard perçant que j'ai du mal à interpréter. Elle est admirablement grande et aurait pu être belle si ses traits avaient été réguliers. Elle brise le silence en posant la tasse de thé sur la soucoupe dans un léger tintement :

— Alors, Mathilde, votre mère m'a dit que vous chantiez à l'église ?

Je déteste par-dessus tout avoir à doser la modestie. Je ne peux me permettre de contredire ma mère. Par ailleurs, je dois éviter de me montrer fière. Que faire ? J'aimerais tant pouvoir engendrer cette rougeur caractéristique qui laisse croire qu'un compliment inattendu est source de gêne. J'opte pour une remarque neutre :

— J'aime bien chanter.

Ma mère vient à mon secours :

— C'est un véritable rossignol !

D'un geste de la main, elle m'invite à prendre place au piano. Une manière digne d'échapper à la conversation. Tandis que j'entonne une chanson patriotique, ces dames reprennent leur discussion. Il est question de décoration, la grande passion de ma mère. Le quatuor piaille sur la beauté des tentures et des rideaux. Je ne peux interrompre mon concert pour l'observer, mais je me doute bien que ma chère maman est aux anges.

Naturellement, après avoir émis des commentaires sur l'ensemble des objets de la pièce et s'être désolées tour à tour des affres de la température, les dames décident de s'intéresser à ma personne :

— Alors, dites-moi, quel âge a cette jolie enfant ?

— Vingt et un ans, répond ma mère.

— Vous songez donc à la fiancer ?

— Nous cherchons, mais la chose n'est point aisée.

— Voilà qui est étonnant ! Votre famille a une excellente réputation.

Ma mère soupire et raconte ses déboires en faisant fi de ma présence :

— Mathilde est une bonne personne, mais à vous-même de constater, comme moi, que son physique est plutôt surprenant.

— Allons donc, vous exagérez. Elle me semble tout à fait fine.

Une dame, portant une robe de soie noire ornée de dentelle blanche, met fin à mon concert en m'invitant :

— Venez vous joindre à nous, Mathilde. Levez-vous donc que nous vous contemplions à notre aise.

À contrecœur, je quitte mon instrument pour m'exhiber en arborant un sourire poli :

— Elle a le corps d'une paysanne, certes, mais son visage est délicat. Un homme sensé saura apprécier son talent pour le chant, son excellente éducation et, surtout, son port de tête. Ses yeux sont doux. Elle sait se tenir. Je lui prédis un brillant avenir.

Si mon interlocutrice avait la moindre idée des pensées qui traversent mon esprit lorsqu'on estime mes chances de trouver un mari avant mon soixantième anniversaire, elle en serait scandalisée. Comment réagirait-elle si je lui demandais, le plus gentiment du monde, si c'est une petite moustache qui se trouve sous son nez imposant ou bien une traînée de poussière apportée par le vent?

La troisième dame, celle vêtue d'une robe d'après-midi bleue, est de loin la plus bienveillante :

— Ne perdez pas espoir, ma petite. Je vous aiderai.

Dans son regard, pourtant, je ne discerne que de la pitié.

Carmen

Au moment où Simon ouvre les yeux, vers neuf heures trente, j'ai un plan de réforme des mœurs digne d'une carmélite.

Il s'habille silencieusement, incertain de ce qu'il doit dire ou faire. Plusieurs signes trahissent son manque d'expérience en histoires d'un soir. La porte de sortie est grande ouverte, mais il ne la voit pas.

Il s'installe à la table de la cuisine.

— Bien dormi?

— Non.

J'espère qu'il perçoit l'allusion à ses ronflements.

— Quelque chose te stresse?

— Bof. J'ai encore oublié d'acheter du café. Du thé?

Je choisis un *pu'erh*, une variété achetée à quatre-vingt-dix-neuf sous dans le quartier chinois. Du goudron, d'après Charles, mon colocataire, à cause de l'odeur âcre que le mélange répand une fois infusé. Proposer un tel exotisme, tôt le matin, est la meilleure façon de faire fuir un homme normalement constitué. Simon accepte la tasse. Sa main énorme empoigne l'objet de porcelaine. S'il le casse, Charles ne me le pardonnera jamais.

— Quelque chose doit te chicoter, poursuit-il.

Il scrute les cernes sous mes yeux. J'ai l'impression d'être une patiente qui va devoir se déshabiller.

— Ouais, l'indifférence.

Il semble attendre une explication.

— Lorsque même les révolutionnaires se taisent parce que toutes les guerres ont été gagnées, il est temps de prendre des pilules avant d'aller se coucher.

J'ai réussi à le décontenancer.

— Je ne comprends pas… Des guerres, des massacres, on en voit à pleines pages dans le journal. Selon les meilleurs pronostics, plusieurs autres sont à venir.

— J'ai deux boîtes de céréales, j'espère que tu y trouveras ton compte.

Simon pose les yeux sur le bol que je lui tends, une pièce de céramique avec d'étranges petits canards bleus peints par un artisan portugais. Propriété de Charles, bien entendu. Tout ce qui a de la valeur dans la cuisine appartient à mon colocataire.

J'observe sa cuiller sillonner entre les flocons ramollis.

— Tu ne déjeunes pas?

— J'ai pas faim.

Le coup de l'anorexique excite souvent la pitié.

— On ne se connaît pas beaucoup, mais si tu veux te confier…

J'hésite, mais je tiens à vérifier si je l'ai mal jugé.

— Est-ce qu'il t'est déjà arrivé d'avoir l'impression que tu as tout fait, tout vu, et que rien ne peut plus t'émouvoir?

Ses mâchoires restent en suspension à quelques centimètres de la cuiller. Trois gouttes de lait atterrissent sur la nappe. Puis, son visage s'éclaire.

— Es-tu déjà allée aux chutes Niagara?

Il poursuit sans attendre ma réponse.

— Personne de mon entourage n'a vu les fameuses chutes, tu te rends compte? Des gens viennent de partout pour les voir, c'est le rêve de leur vie. Au Québec, on n'y va pas par snobisme, je pense, parce qu'on a peur d'être quétaine. Des chutes, ça ne peut pas être si pire! Il est de bonne heure. On est samedi. On pourrait peut-être dormir dans un motel, là-bas, et revenir demain soir?

Je ne sais si je dois rire ou pleurer. Je suis surtout insultée que l'on prenne ma crise existentielle avec autant de désinvolture.

— Tu penses qu'un voyage en Ontario va régler mon problème?

Mon colocataire apparaît en sous-vêtement. Il ne semble pas étonné de retrouver un homme dans son antre sacré.

Charles est cuisinier. Je ne l'intéresse pas. Il n'a jamais posé la moindre question au sujet de mes activités. Je me suis souvent demandé si cette impassibilité était due à une gêne paralysante ou à un profond narcissisme. Je penche pour la seconde option.

Mon coloc est plutôt maigre, avec des côtes saillantes et une peau plus blanche que le bicarbonate de soude. Je le sais parce qu'il aime se promener en sous-vêtement. À toute heure du jour ou de la nuit. Je le soupçonne même de déambuler tout nu lorsque je ne suis pas dans les parages. Les caleçons oubliés dans la salle de bain en témoignent. Ce qui m'amène à exclure la possibilité qu'il soit timide.

Charles se sert un verre d'eau. Il repart vers sa chambre sans un regard pour nous.

Mon coloc est ainsi, sans impact sur mon quotidien sauf quand il fait irruption aux moments les plus dramatiques.

Simon se lève brusquement.

— Si mon idée ne te plaît pas, tu peux le dire sans t'énerver.

— J'ai été incapable de fermer l'œil une seule seconde à cause de tes ronflements! Je peux te pardonner ça, mais venir ici, dans ma cuisine, me dire des platitudes, c'est intolérable. Si tu avais quelque chose à raconter, je ne sais pas, moi, mais non, tu parles des chutes Niagara!

J'y vais peut-être un peu fort.

Simon bondit, se dirige vers la porte et cherche son manteau sur la patère.

— Ton problème, c'est que tu es une *bitch* et que les gens doivent faire des détours pour t'éviter. Merci pour l'hospitalité, Carmen.

Il prononce mon prénom comme celui d'un dictateur sud-américain, en roulant longuement le «r», avant de claquer la porte. Il y a des céréales dans le fond du bol. Je les mangerais bien, mais les flocons sont déjà mous.

Je réfléchis à l'accusation de Simon. Je ne ressens aucune gloire de l'avoir traité ainsi. Ma séance d'introspection est pesante. Mon humeur, au lieu de remonter au-dessus de la barre du zéro, continue à traîner dans les bas-fonds.

J'envoie un message texte à Aurélie : «Opération terminée.» Quelques minutes plus tard, le téléphone sonne.

— Comment ça s'est déroulé ?

Je fais toujours croire à ma meilleure amie que mes rendez-vous sont motivés par le sain désir de m'établir dans une relation amoureuse.

— Toi, franchement, je ne sais pas ce que tu leur fais !

Je ne lui parle pas de mon désir d'arrêter le sexe. Elle ne comprendrait pas.

Mathilde

Je laisse les amies de ma mère pour retrouver Armande aux cuisines. La domestique est entrée au service de mes parents alors que j'étais gamine. Il y a des jours où je me demande si elle ne serait pas davantage ma mère que celle que Dieu a choisie pour occuper cette fonction.

— J'ai été excusée, le temps de te prévenir qu'il manque de beurre et de lait. Ne te dérange pas, je vais les leur apporter. Ça va me changer les idées.

Armande m'enseigne tout ce qu'elle sait : les bonheurs simples, les chansons folkloriques et, surtout, l'art de la pâtisserie. Ma mère n'approuve pas ces moments passés aux fourneaux qui m'éloignent, affirme-t-elle, des activités propres à mon rang.

Armande est couverte de farine. Elle retire son tablier et me gratifie d'un sourire réconfortant.

— Vous n'avez pas l'air de bien aller, mademoiselle Mathilde…

— Ne t'en fais pas.

— Les compagnes de votre mère vous ont encore parlé de mariage ?

— C'est elle, la pire, tu la connais : « Regardez ma fille, une rare beauté ! Son corps n'est peut-être pas frêle, mais voyez ses poignets, de véritables petites branches prêtes à craquer sous le vent. Son visage n'est pas tout à fait symétrique, mais observez ce nez qui coule gracieusement entre ses yeux tel un ruisseau à la fonte des neiges. Et ses cheveux ! Vrai, ils ne sont pas blonds, mais humez, bonnes gens, le doux parfum qui se dégage de chacune de ces boucles brunes. Mesdames, voici en spectacle ma fille Mathilde, je vous en prie, applaudissez. »

Armande éclate de rire.

— Madame Éléonore voudrait déjà choisir la date des noces. Elle devrait vous laisser sortir davantage. Vous êtes toujours encabanée !

— Elle n'a aucune foi en mes talents d'enjôleuse, c'est bien ça le problème.

— La séduction est un art qui s'apprend, comme la pâtisserie.

Je peine à cacher mon amusement devant les affirmations d'Armande qui livre toujours ses pensées sans gêne.

— Dès qu'on parle de sucreries, je suis à l'écoute !

— Mademoiselle Mathilde, malgré toute l'affection que j'ai pour votre mère, je vous jure qu'elle vous raconte des sornettes.

Ses mains sont si agiles qu'elles exécutent chacun des mouvements de pétrissage sans qu'elle y prête attention.

— Vous avez des recommandations à me faire ?

— Arrêtez d'écouter votre mère et suivez mes conseils. Je ne suis pas ignorante de ces choses.

Armande a déjà été mariée. Après le décès de son époux, emporté par le choléra, elle a élevé seule ses enfants. Elle a dû attendre que ces derniers soient assez vieux pour décider qu'elle serait plus heureuse en étant cuisinière plutôt que travailleuse d'usine.

— Première leçon. Il faut rire ! La modestie séduit peut-être certaines personnes, mais… vous pourriez essayer autre chose. Vous amuser, par exemple.

— Ma pauvre mère me parle encore d'une de mes camarades de classe qui a eu l'audace de s'esclaffer pendant une oraison funèbre prononcée par monseigneur Bourget. Une écolière de huit ans à peine ! Tu crois que Dieu va lui fermer les portes du paradis pour cela ? Maman en est persuadée.

Armande interrompt brusquement son pétrissage. Elle arbore un visage grave et déclare :

— Dans ce cas, ma chère, il va falloir apprendre à rire avec vos yeux !

Carmen

Je retourne à la lecture distraite des éléments nutritifs sur la boîte de céréales. Le problème est sans doute dans ma tête. Ou peut-être même chimique. Une carence de zinc peut-elle causer l'absence de plaisir?

Dérogeant aux règles élémentaires de l'aventure d'un soir, je rappelle Simon. Pas de réponse. Il n'est pas rentré directement chez lui. Après une nuit comme celle que nous avons passée, il aurait pu au moins prendre une douche.

L'idée m'effleure de raccrocher sans laisser de message. Inexplicablement, les mots déboulent:

— C'est Carmen, je voulais m'excuser.

Je ne laisse pas mon numéro. Il n'aura aucun moyen de me refuser l'absolution.

Mon coloc prend place à table. Il lit une revue en dégustant un croissant aux amandes, cuisiné la veille. La salive me monte à la bouche. J'aimerais avoir assez de complicité avec lui pour exiger ma part. Il tourne la page. Sans doute un exemplaire d'une revue gastronomique française, comme celles qu'il laisse traîner pour me rappeler que je n'ai rien d'une Martha Stewart, même pas la mise en plis.

Une sorte d'amertume me serre la gorge. L'unique individu qui partage mon quotidien est un inconnu. Je vais réorganiser ma vie et mon premier projet de réforme sera d'améliorer mes relations avec Charles.

Curieusement, j'amorce le dialogue comme l'a fait Simon ce matin.

— Bien dormi?

Ses yeux sont d'un bleu délavé. Comme il n'a pas l'air d'avoir la moindre intention de répondre à ma question concise et dénuée de double sens, je cherche un autre sujet susceptible de l'intéresser:

— Ç'a l'air bon, ce que tu manges.

Charles contemple l'œuvre feuilletée qu'il tient entre le majeur et le pouce, l'index pointant bizarrement vers le ciel, tel un Socrate de l'art culinaire. Il se lève, choisit une de ses plus jolies assiettes en verre soufflé et se dirige vers l'armoire. Il y puise un croissant, qu'il décore machinalement d'une pincée de sucre en poudre, et le dépose devant moi avec la discrétion d'un maître d'hôtel suisse.

— C'est une expérience pour le resto. J'ai ajouté de l'alcool à la pâte d'amande en essayant plusieurs types de liqueurs. Celui-là est au rhum cubain, un peu plus sucré que les autres.

— Merci... Je ne veux pas que tu penses que je quémandais.

Charles décide de laver son assiette avant de s'attaquer au nettoyage minutieux de sa toute dernière acquisition : une machine à expresso. Je ferme les yeux et profite du mélange de saveurs qui s'empare de ma bouche. Les parfums explosent au contact de ma langue. Je crois que c'est le goût de l'alcool qui me surprend, ou peut-être celui d'une épice.

Mon coloc a aligné des dizaines de bouteilles étranges sur une tablette, dont sept variétés d'essence de vanille. Il a aussi suspendu des herbes et des fleurs séchées sur des crochets au mur. Devant mes copains, je me suis souvent moquée de son attirail de sorcier. Ce matin, je réalise à quel point je suis bête. L'une de ces insignifiantes tiges brunes ratatinées ou l'une de ces broussailles fanées a un réel pouvoir sur mes papilles et je ne saurais même pas dire laquelle.

Sa voix me tire de ma transe.

— Alors ?

— C'est extraordinaire.

Il a l'air déçu. Il part en marmottant :

— Non, il manque quelque chose...

Je ne sais pas comment regagner l'attention du seul homme que je côtoie tous les jours. Quinze minutes à fixer les miettes de croissant formant une constellation au fond de l'assiette de verre soufflé. J'ai le spleen. Une petite mélancolie risquant de dégénérer en morosité prolongée si je ne prends pas les grands moyens.

Et puis, il y a cette décision d'arrêter le sexe…

Si je tentais de me réconcilier avec Simon ? Si j'arrivais à le convaincre d'avoir une relation platonique avec moi ? Cette perspective allumerait-elle chez lui plus de fantasmes que la simple idée d'une partie de fesses ?

Je file vers ma chambre et je m'étends sur mon lit avec la désagréable sensation d'être aussi sèche qu'une vadrouille ayant passé des mois dans un placard à balais.

Vagues échos de la sonnerie du téléphone. Charles frappe à ma porte.

— Je ne suis pas là.

— C'est ta mère.

— Dis-lui que je dors.

J'entends des murmures, puis les pas de Charles revenant vers ma chambre.

— Elle est inquiète et veut savoir si tu es malade.

— Dis-lui que je vais bien, mais que je dors.

Moment de suspense.

— Elle sait que tu mens.

Je roule hors du lit, résignée. Je voue un amour éternel à ma mère, mais pour le réconfort, on repassera. Dans la prochaine heure, je vais apprendre tous les derniers potins du village.

Se tairait-elle pour écouter si je lui parlais de mon nouvel idéal de chasteté ?

Mathilde

Ma mère agite avec insistance cette cloche dont le seul tintement a pour effet de secouer le personnel de maison. Autrefois, nous avions quatre personnes à notre service qui s'affairaient à répondre aux moindres caprices de mes parents. Aujourd'hui, il ne reste plus qu'Armande.

— J'y vais, ne te fatigue pas.

Mais la domestique est déjà partie. Elle s'élance et gravit avec difficulté les deux étages qui la séparent du petit salon.

Je prépare à la hâte le plateau afin d'obéir aux ordres de ma mère. Comme je m'apprête à monter à mon tour, j'aperçois Armande, déjà de retour. La domestique prend le temps d'éponger son front avec un pan de son tablier avant de m'annoncer que les invités de la maison sont sur le point de tirer leur révérence.

Le lait, le beurre… J'ai mis trop de temps. J'espère qu'Armande n'en payera pas le prix.

— Ces dames vont bientôt prendre congé et votre mère vous demande de bien vouloir leur dire au revoir.

Je les rejoins sur le pas de la porte.

Les trois Parques me dévisagent en hochant de la tête : la petite silencieuse, la gentille dame en bleu et la veuve noire, austère et longue comme une agonie.

Elles ont déjà revêtu leurs châles. Je leur souris. Elles ne trouvent rien à ajouter. Lorsque leur voiture s'arrête, elles attendent que le cocher les invite à se hisser à bord.

Ma mère ferme la porte et se retourne vivement vers moi.

— Pourquoi ne pas avoir préparé une phrase élégante afin de saluer ces dames qui nous ont fait l'honneur d'une visite ? Elles vont déclarer à qui veut bien l'entendre qu'on leur a présenté une bécasse !

— Je préfère me taire que de vous faire honte.

— Ce n'est pas en jetant des regards mièvres que tu vas convaincre ces personnes de te trouver un parti convenable.

Elles sont ici parce qu'elles sont bien en vue. Ce genre de connexion est nécessaire dans la quête qui nous occupe.

Depuis combien d'années ma mère est-elle engagée dans cette course effrénée pour me placer dans un foyer convenable ? Une éternité. Jamais ne passe un seul jour sans qu'elle me témoigne de nouveaux espoirs et de nouveaux reproches.

— Mais maman, comment me comporter ? Je me fais modeste pour éviter d'être fière. Je ne suis pas apothicaire, je ne sais pas doser entre ces extrêmes comme vous me le demandez.

— Il te faudra pourtant apprendre à faire ta marque en société, Mathilde, sinon on te remisera à ton salon comme ces vieilles boîtes inutiles qui gênent dans les entrepôts.

Est-ce vraiment ma faute si la nature ne m'a pas pourvue d'un physique attirant des foules de soupirants ? Quand bien même je prierais tous les saints du ciel, on a rarement vu une femme se réveiller plus belle que le jour précédent.

À moins, bien sûr, qu'elle ne soit tombée amoureuse.

Carmen

Éliminer les tentations de ma vie. Persévérance, sobriété, vertu. Passer du temps avec moi. Établir mes priorités. Forcer mon cerveau à réfléchir. Me garder de faire la tournée des boîtes de nuit. Rester à la maison pendant que tous boivent et jouent le jeu de la séduction. Sans moi. Que m'apporterait une nouvelle tournée des bars ? Un plaisir routinier, mécanique, rehaussé d'une mince excitation éthylique chevauchant la nausée.

Aurélie m'appelle en début de soirée, m'invitant à me joindre à son groupe.

— Tu ne vas pas moisir chez toi le soir de l'Halloween !

Depuis qu'elle a obtenu son premier véritable emploi, Aurélie s'est métamorphosée en fourmi. Impossible de lui parler au téléphone plus de quelques minutes. Elle suit les différents épisodes de ma vie amoureuse, mais ne sait encore rien de mon changement de cap. Inutile de tout lui expliquer ce soir. Elle est sûrement trop pressée pour écouter.

— Je n'ai pas de costume.

— Ben voyons, Carmen, tu peux enfiler trois ou quatre guenilles pour mettre en valeur ton *body* et tout le monde te trouvera belle, comme d'habitude.

Exactement ce que j'essaie d'éviter. Exposer mes atouts pour faire baver des types déguisés en Superman. Je ne peux pas sortir. L'Halloween, c'est la soirée des masques.

— T'es déprimée ?

— Non, non, pas du tout. Je cherche la solitude. Pour me retrouver.

— L'isolement est un des signes précurseurs de la dépression.

Une nouvelle vie. La réclusion. Elle n'est pas impressionnée.

— Il faut que tu luttes contre les idées noires, que tu t'actives, poursuit-elle.

— Je ne suis pas malade. Je vis une crise existentielle.

Curieusement, elle éclate d'un fou rire. C'est très insultant.

— Écoute, Carmen. Fais un effort pour sortir, s'il te plaît. Tu sais où nous trouver. Bye.

Mathilde

La première neige tombe sur Montréal, ce qui me plonge dans une grande nostalgie. Les murs de la maison seront bientôt cintrés de remparts blancs. Les promenades à l'extérieur seront soumises aux aléas de la température. Il faudra attendre encore plusieurs semaines pour les distractions hivernales comme les balades en berlot ou le *fancy skating* au *rink* du square Victoria.

Les femmes sont des créatures d'intérieur, dit-on. Et pourtant, en regardant par la fenêtre, je ne peux m'empêcher de ressentir de la compassion pour cette dernière feuille rouge accrochée à la branche d'un vieil arbre et de me préoccuper de son sort.

Novembre est à nos portes. Je tourne en rond comme une bête en cage, incapable de broder, ni de coudre, ni même d'écrire dans mon journal. Je n'ai envie ni de lire ni de jouer du piano.

Le silence qui règne chez nous est partiellement comblé par la présence d'objets familiers. Ma mère aligne les bibelots sur l'âtre de la cheminée. Des voyages de mon père, je ne sais pas grand-chose. Il a pourtant rapporté d'Europe une véritable collection de souvenirs d'inspiration orientale, des porcelaines de Chine avec des motifs floraux japonais.

Les plus vieux bibelots, ceux que je préfère parce qu'ils font partie du décor du salon depuis mon enfance, ont été déclassés. Ils trouvent leur place sur une étagère basse, moins glorieuse. Armande s'offre le luxe de les négliger. Ils s'enduisent de poussière peu à peu sans que ma mère le remarque.

Je sais qu'il est plus que temps pour moi d'assurer mon avenir. Je ferais n'importe quoi pour qu'un prétendant se manifeste.

L'attente interminable me semble le pire des fléaux.

Reste qu'une partie de moi tremble à l'idée de devoir prendre un jour une décision d'une telle importance. Sceller mon destin d'un coup, en disant «oui». Me retrouver dans une nouvelle maison. Le jour de mes noces, je devrai laisser derrière moi les objets qui ont si souvent trompé mon ennui. J'espère que ma mère m'en donnera quelques-uns et, surtout, que mon époux me permettra d'exposer ces colifichets démodés.

Je prends plume et encre. J'écris une missive à Madélie pour l'inviter à faire une promenade dès que le temps le permettra.

Carmen

J'allume plusieurs chandelles et mets de la musique latine. Un morceau de veau, sauce crémeuse au vin rouge, est en train de mijoter. Mon coloc me surprend en pleine action et murmure : «Pas mal.» Je n'ose pas lui avouer que c'est ma mère qui a cuisiné et congelé le plat lors de sa dernière visite.

Charles disparaît. Je comprends qu'il ne rentrera pas avant demain lorsque je vois poindre une paire de chaussettes de la poche de son manteau.

Silence. Je ne peux m'empêcher de consulter mon cellulaire toutes les cinq minutes pour compter le nombre de textos que j'ai reçus. Aurélie n'insiste pas. Pourquoi n'insiste-t-elle pas ? Dix heures, le doute me rattrape. En louant un film ou même en allant dormir, je pourrais faire diversion. Mais il y a ma conscience. Je préfère encore être soumise à la torture du tord-pouce espagnol que de l'affronter.

Je jette un coup d'œil sur le papier à côté du téléphone. Le nom du bar situé à l'autre bout de la ville y est gribouillé.

J'attrape mon coupe-vent.

Sur le palier, une pensée me paralyse. Je n'ai ni le maquillage ni les vêtements pour entrer dans une discothèque. Suivant mes nouvelles convictions, j'ai cessé de me préoccuper des repousses brunes qui prennent d'assaut ma tignasse blonde, moi qui me faisais, il n'y a pas si longtemps, un point d'honneur de respecter les dictats des bonzes de l'esthétique. Avec l'énergie du désespoir de l'écolier qui n'a pas fait ses devoirs et qui entend approcher l'institutrice, je sors.

Mathilde

— Calme-toi, petite chérie. Chut, chut, mon bel amour.

Les pleurs de la gamine redoublent devant mon amie qui soupire, impuissante. Il y a des jours où je me demande pourquoi Dieu a créé l'homme avec le désir, cette impulsion risquant à tout moment de nous faire tomber. Le visage colérique d'un enfant que l'on prive d'un jouet me rappelle toujours combien nous sommes nés esclaves de nos tentations.

Marie-Adélaïde et moi nous promenons au square Viger pour y converser à notre aise. Les deux jeunes frères de ma compagne s'assurent malheureusement, à grands cris, d'attirer sur nous des regards désapprobateurs.

Madélie est de nature patiente. Une véritable madone. Elle est l'aînée de dix frères et sœurs qui la considèrent comme une seconde mère. Elle pousse dans un landau la plus jeune de la famille, Gertrude, une enfant d'à peine deux ans, tout en s'efforçant de maîtriser les ardeurs des deux garçons de cinq et sept ans dont on lui a confié la garde. Ces derniers ne cessent de tourmenter leur cadette en lui dérobant sa poupée, ce qui ne manque pas de provoquer des éclats de larmes.

Alors que des cortèges de gens posés défilent dans le square en faisant de légers signes de tête ou en soulevant leurs chapeaux pour saluer discrètement leurs connaissances, Madélie doit convaincre la petite, sans lever le ton, de rester assise. Ses frères font la course en menaçant à tout moment de renverser un passant.

— Comment va ta mère ?

— Pas trop mal, mais elle me parle toujours de son épuisement. Elle vient d'engager deux servantes de douze et quatorze ans pour l'aider dans ses travaux domestiques. Ces Irlandaises sont plus espiègles que toute ma fratrie réunie et elles ne parlent pas un traître mot de français.

Madame Jodoin semble porter des enfants en permanence, ce qui l'oblige à se tenir loin de la scène mondaine et attire sur sa famille bien des railleries. Elle est rarement invitée dans les réceptions sous prétexte que les obligations de la maternité doivent primer sur les visites de courtoisie. Ma pauvre Madélie, dont la beauté n'est pratiquement jamais exposée et qui ne peut sortir sans être accompagnée d'une bande d'enfants, attend donc toujours une proposition pour son avenir.

À force de protester, Gertrude réussit à se faire prendre. Elle tente d'attraper les boucles d'oreilles de mon amie, toujours coquette lorsqu'elle se pare pour les marches d'après-midi. Privée de ces jouets brillants, le bébé s'attaque aux boutons de nacre de son chemisier.

— Je serai encore fille à trente ans, soupire Madélie. Comment pourrait-il en être autrement? Il y a une bonne quinzaine d'hommes élégants qui se promènent ici même et que je marierais sur-le-champ. Ils me regardent tous en se demandant pourquoi une mère de famille comme moi s'habille en jeune femme.

D'une voix posée, mais forte, elle exige que ses frères ne s'éloignent pas trop. Dans un moment d'accalmie, je renchéris:

— Tu sais, je crains exactement la même chose. Ma mère a honte de me présenter à qui que ce soit. Notre domestique m'a révélé qu'elle avait ordre de remettre tous les cartons d'invitation à sa patronne, incluant ceux qui me sont adressés. Je la soupçonne de lire mon courrier pour m'empêcher de sortir et d'échapper à sa supervision!

Le sourire de Madélie illumine son visage.

— C'est plutôt une bonne nouvelle: tu as peut-être de multiples prétendants que ta mère a choisi d'éloigner. Comme c'est romantique! Avec un peu de chance, elle va sans doute t'enfermer dans une tour imprenable pour exciter les ardeurs de tous tes chevaliers servants.

L'incident redouté se produit. Dans sa course, le plus jeune frère de la famille Jodoin trébuche sur la canne d'un vieil homme assis sur un banc. Avant de consoler son frère, Madélie se confond en excuses auprès de l'inconnu coiffé d'un élégant chapeau. Celui-ci nous assure, en anglais, que nous n'avons pas à nous inquiéter.

— Tu vois ce que tu as fait? demande Madélie à son frère en s'éloignant. Le pantalon de ce pauvre monsieur est taché de boue.

— C'est pas de ma faute s'il a laissé traîner sa canne en plein milieu du chemin! répond le gamin avec un rictus mi-désolé, mi-espiègle.

Nous décidons que notre sortie, aussi courte fût-elle, était tout à fait convenable pour un après-midi froid et venteux.

Carmen

Réveil en sursaut. Cauchemar absurde. Un message : «En route pour la dépression» sur mon mur Facebook. Trente personnes qui y répondent avec des pouces levés comme pour me dire : «Félicitations!»

Je mets quelques minutes à parcourir la pièce des yeux. Les meubles me sont familiers, mais je ne suis pas chez moi. Un inconnu. Nous sommes enlacés sur le divan d'Aurélie. Échec retentissant. La chasteté n'est pas naturelle chez moi. Inspection sommaire. Je conclus que mon vœu n'a pas été brisé. Ma culotte de coton noire est demeurée en place et ma chemise est boutonnée jusqu'à l'orée de ma gorge. Mon partenaire? Il s'est endormi avec une casquette des Raptors de Toronto sur le nez. Parfait, ça m'évite de connaître son identité.

Coup d'œil à ma montre. Onze heures trente. Le moment idéal pour rentrer sans avoir à discuter de basket-ball. Je me dégage de l'étreinte facilement, c'est au moins ça de gagné sur Simon.

En passant devant la chambre d'Aurélie, je l'aperçois par la porte entrouverte, aux côtés de son beau Marc. Ces deux êtres forment un couple parfait, même pendant leur sommeil.

La jalousie est un péché inutile.

Dehors, un vent violent rage, comme si les cieux voulaient châtier mes excès. Hier, la nuit était tiède et je n'ai saisi au passage qu'un coupe-vent. Ce matin, j'aurais besoin d'un manteau de fourrure.

Nouveau regard furtif vers ma montre. Premier jour de novembre. On croirait que même le calendrier veut ma peau.

Mathilde

L'horloge sonne onze heures. En traversant le hall, je remarque qu'une fois de plus la température n'invite guère aux promenades. Nous avions convenu, Madélie et moi, de nous retrouver aussi rapidement que possible pour une autre sortie, mais le climat semble s'y opposer. J'ignore comment je parviendrai à supporter les rigueurs de l'automne sans perdre le moral.

— Vous vouliez me voir, maman?

— J'ai une excellente nouvelle pour toi, ma chère. Les dames que nous avons reçues cette semaine viennent de m'écrire. Tu leur as fait bonne impression. Elles t'ont invitée à un bal qui aura lieu la semaine prochaine à l'Université McGill! Ne t'inquiète pas. Je t'assure que tu seras prête pour l'événement: toilette, posture, coiffure. Je te dicterai ce que tu devras dire, à qui le dire et comment le dire.

Pour ma mère, l'apparence revêt une importance démesurée. Dans toute conversation, elle se fait un point d'honneur de démontrer qu'elle est de loin la personne la plus *fashionable*.

— Tu ne souris pas? Bien sûr, tu ne réalises pas que c'est ta chance, poursuit-elle. Ton genre a plu à lady Margaret Champagne. C'est pourquoi elle te convie au bal de la Montreal Philanthropic Society for the Advancement of Medicine. Il y aura plusieurs étudiants qui feraient de très bons partis pour toi.

L'anglais de ma mère est incompréhensible, mais elle articule chaque mot comme si elle amorçait un sermon en chaire. Avec cœur. Avec passion. Il m'est difficile de lui répondre en gardant mon sérieux.

Elle me prend par le bras pour me conduire au salon.

— Les affaires de ton père ont enfin repris. Notre nom se prononce mieux depuis qu'il a obtenu un contrat du Grand Tronc. Nous avons beaucoup de chance d'être conviées à un bal où nous fréquenterons des gens bien au-dessus de notre condition. Inutile d'en dire plus, n'est-ce pas?

Mon père est avocat de profession, mais c'est aussi un spéculateur qui se lance sans cesse dans la commercialisation de nouveaux produits. Après l'échec de sa compagnie d'importation de machines à coudre, il a connu, ces dernières années, la disgrâce. Ceci explique en partie mon célibat. Tout le beau monde sait que nouer une alliance avec ma famille, c'est s'embarquer en carriole sur un chemin cahoteux.

— Je vais me comporter comme une grande dame, c'est promis.

— Je veux surtout que tu me jures que tu ne danseras pas le quadrille. Nous avons investi notre argent dans les cours de musique, mais pour la danse…

— Vous ne me trouvez pas assez habile?

— Je crois que tu auras de meilleures chances d'être remarquée… agréablement… si tu n'exposes pas tes petites maladresses. Choisis donc la valse, les pas sont plus faciles!

Je me garde de révéler à ma mère qu'elle est la véritable responsable de ma solitude en cherchant toujours à me maintenir dans l'ombre. Puis je monte à ma chambre afin d'adresser à la Vierge une prière lui demandant de chasser de mon esprit de telles pensées.

Carmen

Je suis accueillie par une odeur de mokaccino. Charles est sorti, mais il a laissé quelques traces. Sur la première tablette du réfrigérateur trône un bol de crème fouettée. En temps normal, ça m'aurait redonné le sourire. Ce matin, je souffre d'un sérieux mal de cœur. Les parfums de la cuisine me sont difficiles à supporter. Pas la moindre bouteille d'eau minérale. Il y a longtemps que je n'ai pas visité l'épicerie. Ce qui sort du robinet goûte le chlore. Bref, je ne trouve aucun breuvage digne d'accompagner mon comprimé d'aspirine. Ma salive est la seule option qui reste. C'est la misère.

Mes yeux se posent sur un papier sur la table. Je lis :
Prends tes jambes à ton cou
Car le désir te rendra fou
Car les hommes sont des hommes
Et les hommes resteront
Esclaves de leurs pulsions

Il s'agit des paroles d'une chanson de Marie-Mai, *Dangereuse Attraction*. J'ai le CD de cette artiste chez moi, mais je n'y comprends rien. Charles n'est pourtant pas du genre à écouter du pop-rock. Plus bas, un commentaire de mon coloc : « Un message pour toi. C'était sur la porte ce matin. » Je cligne des yeux à plusieurs reprises. Qu'est-ce que cela veut dire ? Plus je relis les cinq vers, plus les mots prennent des allures de menace.

Simon ? Aurait-il poussé l'audace jusqu'à revenir chez moi pour coller un post-it funeste sur ma porte ?

Des scénarios de vengeance me passent par la tête, mais je me dis qu'afin d'éviter une bataille en eaux troubles, mieux vaut ignorer l'incident.

Mathilde

En descendant aux cuisines, je tombe nez à nez avec un inconnu vêtu d'une veste à carreaux vert et rouge. L'homme contrevient aux règles de bienséance en portant une casquette à l'intérieur. Il est curieusement juché sur un tabouret, le dos droit, les bras croisés sur la poitrine. Mon cœur s'accélère, craignant une intrusion. Pourtant, l'étranger ne semble nullement inquiété par ma présence. J'en conclus que, d'une manière ou d'une autre, il a été invité à entrer.

— Vous cherchez quelque chose, monsieur?

— Pas du tout. À moins qu'il ne reste une petite pointe de tarte…

— Je ne crois pas avoir déjà eu le plaisir de faire votre connaissance.

— Pierrot. Pour vous servir.

Il me tend la main. Je ne peux m'empêcher de prendre deux pas de recul pour éviter qu'il ne me touche.

— Je regrette, monsieur, nous n'avons pas été présentés.

Mes yeux ne peuvent se détacher de ses ongles aussi noirs que s'il les avait enduits de goudron. Je remarque néanmoins que son visage est bien rasé pour un homme du peuple.

— Je puis connaître la raison de votre visite?

— Ben, il semble que vous vous soyez encore arrangées pour que ma mère perde son congé dominical à travailler au lieu de le passer avec moi.

— C'est vous, le fils d'Armande? Le livreur de charbon?

Il hoche la tête. Il doit avoir dans les trente-cinq ans tout au plus. Je l'aurais cru plus vieux, puisque j'ai l'impression qu'Armande a toujours fait partie de ma vie.

— En personne! Pourriez-vous m'expliquer pourquoi vous gardez prisonnière une pauvre vieille qui se dévoue corps et âme pour vous tous les jours?

— Ma mère a dû avoir une urgence, il n'est pas dans son habitude de malmener le personnel de maison.

— Quelle sorte d'urgence? Les petits fours étaient trop secs?

— Je crois qu'un visiteur inattendu s'est annoncé pour le repas du soir. J'aimerais vous présenter mes excuses au nom de ma famille.

— Vous pourriez me rembourser le prix du tramway, tant qu'à y être ? C'est de votre faute si j'ai gaspillé mon argent !

Est-ce une impolitesse ou se moque-t-il de moi ? Je décide d'ignorer la chose. Après tout, il s'agit du fils d'Armande.

Je ne peux détacher mes yeux de ses mains calleuses d'ouvrier. Les a-t-il même lavées ? Ces taches de charbon le quittent-elles de temps en temps ou bien l'accompagnent-elles, indélébiles, dans tous les chapitres de son existence ?

— Je vous obligerais avec plaisir, mais je n'ai pas un sou.

— Dieu s'empresse de mettre la table pour vous avant chaque repas ?

— Mais non, bien sûr...

Je sens que la réplique se voulait ironique, toutefois je ne saurais dire si mon interlocuteur cherche à se montrer taquin ou méchant. Il bondit de son tabouret.

— Bon, je m'en vais. J'ai perdu mon temps et mon argent, mais au moins j'ai pu vous rencontrer. Ma mère parle souvent de vous. Et elle dit juste du bien. À la revoyure !

— Attendez. Nous n'avons pas de tarte, mais repartez au moins avec un pot de confiture.

Je ne peux laisser le fils d'Armande filer sans lui offrir l'accueil qu'il mérite. Il attend et je lui tends le pot après l'avoir trouvé dans une armoire. Lorsqu'il le prend, nos doigts se touchent. Ses mains sont sales, mais elles ne sont pas aussi rugueuses que je le croyais.

Carmen

Une semaine a passé. Le mois de novembre s'est installé. Gris, nuageux, intraitable. Les mécanismes de ma soif de malheur sont en marche. Mon nouveau passe-temps : m'affaler devant la télévision. La fixer d'un regard vitreux. Marier mes préoccupations à celles des héroïnes de feuilletons d'après-midi. Regretter de ne pas payer pour le câble. Au début, les bouteilles de bière se sont alignées sur le comptoir. Vaisselle sale dans l'évier. Odeur de moisi dans le frigo. Restes de repas surgelés sur la table. Puis, mon coloc a défendu sa cuisine, me rappelant à l'ordre. Le tout sans prononcer un seul mot. Juste des regards, des vibrations fielleuses. J'ai compris. Ne jamais, jamais, profaner son domaine.

Je pollue dorénavant le salon. Tous les objets dont je pourrais avoir besoin se trouvent à moins d'un mètre de moi et encerclent mon divan comme un rempart.

Rien n'est plus pénible que novembre. L'existence ne trouve alors de sens que dans le sommeil, le manger et le boire.

La sonnerie du téléphone. Qui utilise encore ce mode de communication de nos jours ? Je ne réponds pas tout de suite.

Et si c'était un homme qui, ébloui par ma beauté et ma silhouette, m'avait suivie jusqu'à la caisse du super-marché, avait lu mon nom sur ma carte de crédit et cherché mon numéro dans l'annuaire avec frénésie ? Fantasme ! Mon numéro n'est pas dans l'annuaire et je ne suis pas allée à l'épicerie depuis longtemps.

Le téléphone persiste. Au quatrième coup, l'appel est transféré dans ma boîte vocale.

La tension est pire, obsédante. Y a-t-il un message, un tout petit message, pouvant me tirer des sables mouvants novembresques ? En me faufilant à travers le menu automatisé, je pourrais entendre une voix salvatrice qui me dicterait quoi faire de ma soirée. Je soulève le combiné. Quelques secondes s'écoulent. Une voix inhumaine détruit tous mes espoirs : « Vous n'avez AUCUN nouveau message. » Verdict implacable. Je hais cette Cassandre qui pourrait m'épargner la souffrance de l'hypocrisie en déclarant tout de go : « Vous n'avez AUCUN véritable ami. »

Je cherche le bouchon de liège pour fermer ma bouteille de vin. Je la pose sur la deuxième tablette du frigo, le recoin qui m'est réservé. Je retourne au salon. Il faut ramasser les miettes du gâteau aux amandes et Cointreau que mon coloc m'a nonchalamment offert ce soir, par pitié. La grande esthète que je fus au mois d'octobre est prise d'un soubresaut et me crie qu'il est inconvenant de faire siéger les restes de ce dessert aux côtés de la boîte vide de croquettes de poisson surgelées.

Je vérifie mes courriels. Aucun nouveau message. Trois cent cinquante amis sur trois sites de réseaux sociaux différents. Pas un, ce soir, n'est disponible pour échanger avec moi. Ça, c'est la vraie solitude.

Mathilde

Armande s'affaire à préparer un plat de volaille. Je me propose de l'aider à accomplir cette tâche, quitte à devoir toucher aux abats, lorsque ma mère sonne pour me faire venir à l'étage.

— Prépare-toi, nous allons chez Henry Morgan's pour te trouver une toilette qui fera grande impression.

— Pour le *Charity Ball*?

— Oui, bien sûr. Et aussi pour ce soir. Ton père nous amène de la visite.

Ma mère a déjà été réputée pour sa beauté. Depuis, ses paupières se sont alourdies. Lorsque mon père s'annonce, il faut faire dépoussiérer sa chambre. L'argent qu'il prétend envoyer ne nous arrive pas toujours. À la loterie nuptiale, je crois que ma mère a perdu et qu'elle en est bien consciente.

La perspective d'aller danser, pourtant, la rajeunit.

Elle me prend par la main pour me conduire à ma chambre. Elle choisit dans un coffre la robe d'après-midi la plus appropriée aux circonstances, puis m'aide à enfiler le corset qu'elle serre jusqu'à ce que je sente le sang frapper mes tempes.

— Mathilde, je sais que tu es capable de briller parmi les étoiles qui constelleront le bal. Je veux que tu me promettes de te comporter avec distinction et de brider ton sens de la dérision, le temps d'une soirée. Je voudrais tant que tu me le promettes…

— Je ferai tout ce qui doit être fait de la meilleure manière possible.

Ma mère est ravie de retrouver une place enviable en société. Nous venons à peine de commencer à rembourser nos créanciers. Selon Armande, mon père lui doit des années de gages. Elle jure qu'elle n'est restée que pour moi.

— Mon trésor, je vais t'acheter un châle de Norwich. Un bleu. Le bleu te va si bien.

Je souris comme s'il s'agissait là d'un de mes rêves les plus fous. En vérité, je préfère le rouge.

Carmen

Réveil en sursaut. Une sonnerie. Mon cellulaire. Quelques minutes pour recouvrer mes sens. Je soulève mon corps avec peine et cherche sous une pile de vêtements sales.

— Moui?

— Oh, bonsoir. Je...

La voix m'est inconnue. Mes idées sont embrouillées. Mon pouls, rapide.

— Désolé. Je vous réveille?

Décontenancée par le vouvoiement, je ne peux que grommeler un «mmm» trahissant la pauvreté de mon état d'esprit.

— C'est ma faute. Je n'aurais pas dû appeler si tard. J'ai pris une chance. Je... m'excuse. Bonne nuit.

Avant d'arriver à balbutier quoi que ce soit, j'entends la tonalité désagréable.

En retrouvant le téléphone sur l'édredon, le lendemain matin, je comprends que je n'ai pas rêvé. Convaincue que ce coup de fil aurait pu changer ma destinée si seulement j'avais eu le réflexe de dire quelque chose, je maudis le vin blanc et le mois de novembre.

Mathilde

Nous parcourons à pied le chemin séparant notre demeure des grands magasins de tissus des rues Saint-Paul et McGill. Arrivée à la rue Notre-Dame, je remarque à quel point il y a eu du changement depuis mon dernier passage, il n'y a pas si longtemps. Plusieurs nouveaux immeubles sont en construction. L'hôtel de ville est presque terminé, la basilique est toujours en rénovation et plusieurs magasins et entrepôts ont poussé le long de notre parcours. L'ensemble de nos fréquentations habite le faubourg Québec, comme nous, et parle sans cesse des développements de notre quartier. Pourtant, c'est une chose que d'entendre une description et une autre de voir de ses propres yeux. Ces édifices s'élèvent un peu plus chaque jour sans que j'en aie conscience.

La preuve est faite : je sors trop peu.

Je me laisse emporter par la turbulence urbaine. C'est une expérience grisante. J'ai envie de sauter dans une voiture et d'explorer les confins de la ville.

Ma mère me presse subitement de changer de trottoir. J'observe les alentours sans parvenir à comprendre ce qui l'a troublée à ce point. Elle accélère le pas et j'arrive tant bien que mal à la suivre, car je suis perchée sur de bien petits talons.

— Maman, pourquoi nous hâter ?

— Ne me dis pas que tu ne l'as pas aperçu…

En suivant son regard, j'entrevois un homme vêtu d'une redingote noire qui s'éloigne lentement.

— Nous le connaissons ?

— Mais voyons, c'est Maurice ! Son nom de famille m'échappe… C'est le fils de la voisine de mon amie Flavie. Un étudiant en médecine, je crois.

J'essaie de me rappeler si nous avons déjà été présentés, car ce nom n'évoque rien en moi. Ils ont tout de même été plusieurs à avoir défilé dans notre salon depuis le jour de mes seize ans. Des coups d'œil furtifs et trois paroles plates échangées du bout des lèvres. Si je faisais le décompte de tous ceux qui ont décidé de ne plus visiter notre demeure de peur d'être contraints de se marier avec moi, j'en serais accablée. J'ai plutôt choisi d'en rire.

— Cette humiliation ne peut être bien loin dans tes souvenirs ! Il est venu une fois te porter ses hommages et il n'est jamais revenu. Il ne nous a même pas envoyé de carte pour nous remercier de notre hospitalité. C'est un véritable affront à la famille.

— Ne lui en voulez pas, il a peut-être trouvé meilleur parti.

— Non, Flavie m'assure qu'il n'est toujours pas rangé et qu'il n'a aucune intention de le faire prochainement. Les hommes savent que nous leur tendons des filets et ils tentent de les éviter, ils ont du flair… C'est ainsi que le jeu se joue, mais il est impératif de respecter les règles élémentaires de politesse. Voilà pourquoi j'ai choisi de l'ignorer : c'est la meilleure manière de lui faire comprendre que la grossièreté est un crime impardonnable.

La silhouette est maintenant si loin que j'ai du mal à la distinguer. Le pauvre Maurice ne m'a probablement pas reconnue lui non plus. Sa démarche est celle d'un promeneur naïf, pas celle d'une proie qui tremble encore d'avoir frôlé le chasseur.

Carmen

Adeste fideles. Déjà. La peste est de retour pour les deux prochains mois. Je sais ce que je devrais demander au père Noël cette année : retrouver l'enthousiasme d'autrefois en entendant la première annonce publicitaire infestée de guirlandes et de clochettes.

Aurélie ne partage pas mon opinion sur le temps des Fêtes. Pour elle, il s'agit d'une saison lucrative. Les contrats pleuvent. Elle s'active dans une boîte de graphisme du matin jusqu'au soir.

— Je fais des heures supplémentaires que j'ai du mal à me faire rembourser, mais ça en vaut la peine. Toi ? Tu vas mieux ? Et l'université ? Tu appréhendes la fin de la session ?

En repensant à mon occupation principale de la dernière semaine, aux minutes passées à me morfondre sur mon sort et sur celui de l'humanité, je ne peux m'empêcher de sourire.

— Ne m'en parle pas, je ne fais que travailler !

Je suis injuste envers mon téléviseur, celui-ci ayant plus peiné que moi.

— Je suis au bureau en ce moment. Même mon *chum* ne me voit plus depuis que j'ai décroché mon nouvel emploi. Je n'arrête pas de m'excuser…

J'aimerais rappeler à Aurélie qu'il n'y a pas si longtemps, à peine quelques mois, son tempérament dissolu était aussi légendaire que le mien. N'a-t-elle pas barbouillé mes murs au crayon feutre, un soir où nous avions trop fumé de marijuana, pour composer le désormais célèbre «poème électrique»?

— Je voulais te dire que j'ai trouvé une solution à ton problème. Tu sais… La déprime.

Elle ignore mes protestations.

— J'ai une histoire à te raconter. Ne m'interromps pas, j'ai peu de temps. Je suis allée à un party avec mon *chum*, il y a une semaine. Son club de rugby. Je me suis mise à bavarder avec un gars fantastique! Il était assis tout seul dans son coin.

— Tu as rompu avec Marc?

D'une certaine manière, j'espère qu'un drame vienne me jeter hors du divan. Au moins, en prêtant main-forte à une amie, j'aurais l'occasion de me rendre utile. D'un autre côté, je ne souhaite pas que la seule de mes amies en couple en vienne à me confier que l'amour véritable n'existe pas.

— Voyons, Carmen! Mais j'ai discuté avec lui et j'ai eu une révélation! Quand je lui parlais, j'avais l'impression de converser avec toi. C'est ton *alter ego*.

J'ai envie de couper la communication pour ne pas rater le début de mon téléroman. Ça fait trois jours qu'un triangle amoureux fait rage. Deux femmes se disputent l'affection d'un homme. Bien sûr, elles règlent leurs comptes entre elles sans consulter le principal intéressé.

— J'ai ressenti des vibrations très fortes. Je voulais lui donner ton courriel, mais il n'en a pas! Il n'a même pas d'ordinateur chez lui, car il dit que les technologies de l'information sont aliénantes. Alors, je lui ai donné ton numéro.

— Ça n'existe pas quelqu'un qui n'a pas d'adresse courriel, Aurélie!

— Pourquoi il m'aurait menti?

— Je ne sais pas quel énergumène tu as rencontré, mais ce n'est sûrement pas quelqu'un pour moi. Je ne veux rien savoir!

— D'accord, si c'est ton dernier mot. Bon, je dois filer. Prends soin de toi.

Je raccroche avec l'envie étrange de prendre une douche et de revêtir des vêtements propres.

Mathilde

Le soir venu, nous attendons toutes deux nos invités dans le petit salon à l'étage, à la lueur d'une simple chandelle. Ma mère, dans son souci d'économiser le gaz, a fait allumer l'imposant lustre de la salle à manger, tout en condamnant le reste de la demeure à l'obscurité.

Notre maison est trop grande pour nos modestes moyens. Mes parents cherchent à préserver les apparences à tout prix. Les pièces d'apparat sont toujours meublées luxueusement. Souvent, en hiver, le charbon devient une denrée rare et nous passons nos soirées amassés autour d'une seule truie et portant des sous-vêtements de laine. Même si mon père nous a annoncé une période de prospérité sans précédent, ma mère continue à se méfier de ses promesses.

La cloche retentit. Les visiteurs sont arrivés. Bientôt, deux voix de ténors parviennent à nos oreilles. Mon père a ramené un de ses nouveaux associés qui vient tout juste de déménager de Québec à Montréal.

Ma mère se lève avec enthousiasme. Je crois que même après vingt-cinq années de mariage, elle est toujours contente de revoir mon père.

— J'espère qu'il nous aura amené un célibataire comme je le lui ai demandé.

Nous patientons quelques minutes pour laisser aux hommes le temps de se dévêtir, puis nous descendons. Je tiens la main courante pour éviter de perdre pied dans l'escalier. Ma mère m'a forcée à porter ma crinoline la plus large, celle qui renverse tous les objets fragiles sur mon passage.

Notre convive est une jeune personne aux cheveux frisés, à l'air sévère et habillé un peu trop formellement pour un souper de semaine. Il m'est présenté comme Jean Dupossible, avocat. Après avoir fait sa connaissance et montré d'un hochement de tête tout le plaisir que j'avais à le rencontrer, j'ai sauté au cou de mon père pour l'embrasser.

Mes parents me convient à m'asseoir tout près de notre invité pour lui faire la conversation.

— Le voyage a été bon, monsieur?

— Excellent. Votre père est un compagnon de route divertissant.

Silence. Mon interlocuteur scrute nerveusement la pièce à la recherche d'un sujet à aborder. Son regard se pose sur un tableau.

— Je constate l'intérêt de votre mère pour la Grèce antique.

Je me retiens de pouffer de rire.

— J'ignore si elle prend plaisir à lire sur ce sujet, mais elle pense que ces toiles égayent la tapisserie.

— Et vous, mademoiselle Mathilde, vous appréciez la culture hellénique?

— Bien peu, je suis certaine que vous pourriez m'en apprendre beaucoup.

À ma grande surprise, monsieur Dupossible prend mon commentaire pour une invitation. Le tableau représente la bataille des Thermopyles dont il se met à décrire le déroulement. Avec son ton monocorde, il réussit à rendre soporifique l'ultime sacrifice des trois cents hoplites de Léonidas. Monsieur Dupossible n'a vraiment rien d'un bon conteur et encore moins d'un Spartiate.

Les peintures du grand salon ont toujours été pour moi des invitations au voyage. Les montagnes, l'horizon paisible derrière les hommes qui s'entretuent, deviennent mon refuge face au discours interminable de l'associé de mon père.

Quand Armande entre dans le salon pour annoncer à sa maîtresse que le repas est servi, elle attend que notre invité se taise. Il lui est impossible de trouver une pause assez longue pour placer un mot. Elle cligne des yeux à plusieurs reprises en ma direction. Mon père et ma mère font mine d'être suspendus aux lèvres de notre convive. Au bout de quelques minutes, la situation devient tellement absurde que même la pauvre servante a du mal à garder son sérieux.

Finalement, je simule une quinte de toux en espérant que monsieur Dupossible s'enquière de ma santé. Armande a enfin le champ libre pour indiquer qu'il est l'heure de passer à table.

Durant le souper, je fais semblant de m'intéresser à la conversation de l'avocat qui persiste à ignorer la ponctuation. Je concentre donc mon attention sur la nourriture. Le plat a l'air d'être savoureux. Une poitrine de poulet cuite avec des herbes de campagne accompagnée d'une gelée à la menthe. Le problème est que ma mère a fait saupoudrer mon repas d'une trop grande quantité de sel : un de ses trucs pour dompter mon appétit. Même si je le voulais, je ne pourrai m'empiffrer devant monsieur Dupossible.

Ces subterfuges me semblent inutiles. Mon corps n'est pas frêle. Je suis gourmande. Ce travers de ma personnalité crève les yeux. Un prétendant qui se laisserait berner par les trois bouchées qu'il me voit manger devant lui aux repas officiels serait bien naïf.

Ma mère cherche le moment opportun pour poser la question qui la tourmente. Heureusement pour elle, monsieur Dupossible décide de suspendre son récit pour avaler :

— Viendrez-vous demain, au *Charity Ball* ? Nous serons de la partie... N'est-ce pas, Frédéric ?

Elle profite de l'occasion pour annoncer la nouvelle à son mari. Mon père n'aime pas particulièrement les soirées dansantes, mais il aurait été très mal vu pour ma mère et moi de nous aventurer dans ce genre d'événement sans le chef de famille.

Monsieur Dupossible prend une gorgée de vin beaucoup trop longue, contrevenant ainsi aux règles de l'étiquette. Sur sa coupe, on peut voir deux traces de doigts. Son manque de savoir-vivre me le rend un peu plus sympathique.

— Personne ne m'y a invité, car j'arrive tout juste d'un voyage d'affaires, répond-il. Mais j'ai d'excellents contacts parmi les membres de la Philanthropic Society. Ne soyez pas surpris de m'y retrouver.

Ma mère éponge ses lèvres avec sa serviette de table comme elle le fait chaque fois pour marquer une intervention réussie dans une conversation. Monsieur Dupossible ne l'a toujours pas complimentée sur la qualité des plats qui ont été servis, mais elle ne semble pas lui en tenir rigueur. Elle met de côté son amour du protocole à table le temps d'appâter un gendre qui lui convient.

— Vous savez, ma fille est un véritable rossignol. Vous aimez la musique.

Carmen

Tout est normal. Certaines personnes choisissent de passer la fin de semaine en solo. Des gens sains, de mon groupe démographique, prennent la décision de ne pas socialiser le vendredi soir. Ma résolution tient, je ne mettrai pas les pieds dans un bar. Trop de risques de me faire prendre au piège de la symétrie du visage parfait. L'homme intelligent qui me convient ne se dénichera pas dans de tels endroits. Celui-là y apparaîtrait comme un biscuit sec offert en dégustation aux côtés d'une barre de chocolat. Tomber sur un tel mets dans un établissement de loisirs nocturnes me donnerait l'impression d'être au régime.

Vingt et une heures. Je reçois un coup de fil au moment où je venais de me convaincre de passer la soirée à tonifier mes muscles abdominaux en exécutant une série d'exercices complexes durant les pauses publicitaires d'un film.

— Salut, Aurélie.

— Excellente nouvelle, il y a un énorme party au Bar Dix.

— Connais pas.

— Tu as pourtant fréquenté tous les bars de la ville !

Mon amie est aussi persuasive qu'un pasteur de l'Église de la très très très Sainte Prophétie invitant ses fidèles à prendre les chemins du ciel.

— Je ne te laisserai pas refuser, Carmen. Il faut que tu te changes les idées. C'est la seule façon de traverser cette période difficile !

— Voyons…

— Viens me retrouver ce soir. Au nom de notre amitié.

L'idée de fléchir me traverse l'esprit, mais j'ai peur que le scénario de la dernière fois se répète. Persévérance, sobriété, vertu.

— Je suis occupée.

Ça me rappelle un concours littéraire. J'avais remporté le premier prix pour un texte argumentant contre la consommation de cigarettes chez les jeunes. Le soir même, des élèves m'avaient poussée à terminer un paquet en leur compagnie. J'avais onze ans.

— Fais un effort. Alors ? Tu viens ?

Je sens que mon refus provoquera un remords encore plus mémorable que l'affaire « Export A ».

— Je sais que tu n'as pas d'autres projets. Si tu ne te présentes pas à dix heures, j'appelle la police et je leur raconte que j'ai une amie suicidaire qui ne répond ni au téléphone ni à la porte depuis cinq jours.

Sans attendre de confirmation, elle me donne les coordonnées du Bar Dix. Puis, elle me sert un : « Je t'aurai prévenue ! » à faire frémir le plus flegmatique des *padrini*.

N'est-il pas réconfortant de savoir que, quoi qu'il arrive, quelqu'un veille sur soi avec la compassion d'un agent correctionnel ?

Mathilde

La journée entière a été consacrée à la préparation de notre soirée au *Charity Ball*. Il a fallu une heure complète pour réussir ma coiffure et tout autant pour parfaire celle de ma mère. Nous avons choisi pour moi une robe à tournure d'un brun sombre ornée de discrets motifs brodés en fils de soie bleue. Suivant l'usage, ma mère attire davantage les regards en arborant une tenue flamboyante dans les tons bordeaux, toilette qu'elle a décidé de compléter avec un chapeau à plume.

Nous arrivons tôt dans le but de voir défiler des cortèges de gens parmi les plus admirables de Montréal. Ces personnages entrent en suivant l'ordre de préséance, du plus modeste commerçant jusqu'aux hommes politiques les plus populaires de la ville et même du Dominion. Plus la salle se remplit, plus nous avons du mal à distinguer les gens annoncés. Je cherche un visage connu, une camarade, pour bavarder. Ma mère m'entretient des dernières nouveautés de la mode européenne.

— N'oublie pas de bien tenir ton éventail, ma chérie, chuchote-t-elle. Si tu le positionnes à la verticale et près de toi, il s'agit d'une invitation à la conversation, s'il repose à l'horizontale et que tu le tiens par l'extrémité la plus étroite, cela suppose l'indifférence ou l'aversion.

— Vous croyez vraiment que les hommes comprennent ces codes?

— Ceux qui sont allés en Europe, certainement, et ce sont les meilleurs!

Les demoiselles prennent place sur des chaises, à droite de la salle, leurs carnets de bal en main. Je n'en connais aucune, mais je dois tout de même m'asseoir parmi elles. Dans un anglais impeccable, elles accordent des danses aux cavaliers qui en font la demande. Quant à moi, j'ai tout le temps nécessaire pour me façonner un sourire à la fois invitant et réservé.

Au bout d'un moment, une éternité, lady Margaret, celle-là même qui m'avait promis son aide, me reconnaît. Elle me présente de jeunes personnes bien en vue qui, devant l'insistance de cette grande dame, me proposent de danser. Comme le programme de la soirée ne prévoit que quatre valses, je dois commettre l'impair de refuser l'offre du dernier. Celui-ci ne paraît nullement s'en formaliser, ayant à peine fait l'effort de draper sa proposition d'un voile de sincérité.

La soirée s'ouvre par un discours de bienvenue, en anglais évidemment. Le président de la société philanthropique remercie les cinq cents personnes qui se sont déplacées pour financer les progrès de la médecine. Il se racle la gorge et poursuit en français :

— J'aimerais enfin souligner la présence parmi nous d'une grande cantatrice qui nous arrive tout droit de France, madame Marie Ladouceur. Elle accompagne son mari dans une tournée mondiale. La demande est inhabituelle, mais je crois que tout le monde ici serait reconnaissant si vous acceptiez de chanter quelques mesures.

La cantatrice proteste, rougit, puis monte sur scène sous les applaudissements de la foule.

Je remarque que sa tenue a des couleurs un peu trop vives pour les circonstances. Sa robe imposante est rouge, brodée de fils dorés et sertie de strass. Sa coiffure est parsemée de plusieurs fleurs de soie, de bijoux et de plumes. Son décolleté dévoile un peu plus de chair qu'il est convenant de le faire. Quelques murmures réprobateurs l'accueillent tandis qu'elle s'installe sur l'estrade de bois qui lui servira de scène.

Les notes s'envolent. Elle débute par des vocalises avant d'attaquer la pièce dont nous ignorons tout.

Je n'ai jamais aimé les bals. J'ai du mal à papillonner dans les réunions mondaines. Pourtant, ce soir, je ne regrette pas une seule minute d'être dans cette salle. Chacun des mots de cet air d'opéra, inexplicablement chanté en français, a sur moi un effet inattendu.

Cet air simple, interprété par une mezzo-soprano, me semble l'essence même de la beauté. J'ai envie de me lever, d'attirer sur moi les regards. Danser parce que je le veux. Rire parce que ça me plaît. Comme lorsque je suis seule à la campagne, à courir dans un boisé et à crier n'importe quoi parce que personne ne m'observe.

Et si le bonheur, c'était ça? Se sentir libre au moment où on l'est le moins?

Carmen

Rue mal éclairée. Enseigne au néon défectueuse. Le Bar Dix me donne envie de rebrousser chemin. J'hésite sur le pas de la porte, flairant l'arnaque. Ce n'est pas le genre d'endroit que fréquente Aurélie.

À l'intérieur, ça se gâte. Une chaleur qui contraste violemment avec la température extérieure. La musique des vidéopokers qui enterre une chanson country. Une dizaine d'inconnus. Des hommes. Plus vieux que moi. Des *drinks* bus en solitaire.

Je déteste entrer seule dans un bar. Surtout lorsqu'il est presque vide. Ça me rend malade d'imaginer ce qui peut traverser l'esprit des clients. Une racoleuse en jupe courte au milieu de la place. Je triture une de mes mèches rebelles en maudissant Aurélie et ses séances de thérapie.

La partie de billard attire plus l'attention que moi. La seule autre femme, une employée, retient les rares yeux flâneurs. Ses seins ronds et ses hanches pleines éclipsent mes charmes plus longilignes.

Je ne me suis pas assez maquillée.

Je devrais partir. À toutes jambes. Attendre mes amis dehors. Trop tard. La serveuse me dévisage. Je choisis un tabouret au bar.

Une annonce de bière clignote sur le mur. Un miroir me renvoie le reflet de ma figure bleuie par l'éclairage. Un détail m'a toujours dérangée. Mes arcades sourcilières. Mon sourcil gauche est rond, mon sourcil droit est triangulaire. Zones d'ombres et de lumières sur teint blafard. Une pensée me saisit : j'ai l'air d'un clown.

— Pour vous ?

Cette phrase elliptique me laisse muette. Il me faut quelques minutes pour commander. Habituellement, je me trouve en compagnie de personnes assurées qui m'offrent le plaisir de répliquer : « La même chose pour moi. »

Mon silence ne l'éloigne pas.

— Une Molson Dry, s'il vous plaît.

— On n'a pas ça.

Quel genre d'établissement n'offre pas de Molson Dry ?

— Avez-vous un spécial ?

— À partir de onze heures.

Sa voix est grave. Elle m'en veut peut-être de lui faire de la compétition dans cet univers masculin. Je montre d'un geste las une bouteille avec une étiquette noire.

— Je vais prendre ça, là.

— Avec ou sans glace ?

Haussement d'épaules. Je n'ai jamais bu une seule goutte de whisky de ma vie, mais il y a un premier jour à tout. Quelques minutes plus tard, le puissant breuvage se trouve devant moi. Tiède.

— C'est payé par le p'tit monsieur là-bas.

Un jeune homme me fixe intensément. Je ne l'ai pas remarqué parce qu'il est tapi derrière un énorme juke-box. Difficile de distinguer ses traits dans le noir. Je ne crois pas le connaître. Un bar miteux. Un pourvoyeur d'alcool. Mauvais cliché. L'envie de partir devient pressante. Mon verre de whisky est interminable. Il s'approche. Me salue.

— Je suis Arthur, le cousin du propriétaire.

Son regard se perd dans le liquide brun. Mes joues tournent au pourpre. J'ai l'air de donner dans le fort toute seule. La honte.

— Moi aussi, j'aime le whisky, m'apprend-il.

— Désolée, j'allais partir. Je suis pressée.

Je me lève d'un bond, agrippant mon manteau. Je ne prends même pas la peine d'enfiler mes gants. Au moment de plonger dans le froid sinistre, je sens une main sur mon épaule.

— Voyons, qu'est-ce que j'ai dit pour vous faire peur ? Vous êtes sûrement Carmen, l'amie d'Aurélie ?

Je lève les yeux, estomaquée par l'ampleur de la trahison. Un *blind date*. Désarmée, je ne trouve pas les mots.

Je choisis la fuite.

Mathilde

L'air d'opéra s'achève. La voix de la cantatrice se brise sur la dernière note comme si l'amour qu'elle venait de chanter ne pouvait que s'étioler. Le désespoir, le gouffre, pour clore la mise en garde d'une femme prévenant les hommes de ne pas l'approcher.

Un membre du clergé se lève, puis un groupe à sa suite. Ils quittent la salle en maugréant.

J'ai envie d'applaudir à tout rompre. La salle est plongée dans un silence glauque. Des voix s'élèvent en français pour protester.

— Madame, vous devriez avoir honte de chanter des choses pareilles dans la langue de Molière !

Marie Ladouceur se tient droite sans flancher devant le tollé. Quelques hommes l'invectivent et lui demandent de présenter des excuses. Elle semble avoir un tempérament bouillant. Relevant le menton, bombant le torse, elle déclare :

— Je vais retourner à Paris et, à l'avenir, j'y penserai à deux fois avant de m'aventurer dans des contrées sauvages !

Les Anglais restent à l'écart de ce débat dont la plupart ne comprennent pas la teneur. Des femmes agitent leur éventail comme si elles espéraient chasser la discorde. Le ton monte. Les organisateurs doivent tenter de calmer le jeu. L'un d'eux raccompagne la cantatrice hors de la salle où elle est désormais le visage du scandale. Le maître de cérémonie se précipite pour donner ses instructions aux musiciens.

— *Ladies and gentlemen, let the ball begin !* Mesdames, mesdemoiselles et messieurs, que la fête commence !

Le premier violon a du mal à vaincre le bourdonnement de mécontentement qui tarde à s'évanouir.

De mémoire, je cherche à emprisonner chacune des notes de l'air d'opéra. Je me languis de retourner à la maison pour le retrouver grâce à mon piano. Sol. Do. Ré. Mi. Sol. Fa dièse ? Lorsqu'un danseur se présente pour que je lui accorde la valse promise, je désespère. Les notes me quittent et je me sens seule dans cette pièce bondée.

Valse lente. J'aimerais tant rejoindre Marie Ladouceur pour qu'elle me rappelle la mélodie.

Mon cavalier est distrait. Il observe à la dérobée une jeune femme blonde au teint pâle. Une de ces créatures immobiles aux traits irréprochables qui pourraient tout aussi bien servir de bibelots tant elles sont décoratives. Elle affiche sa beauté publiquement, posément, en prenant garde de ne pas l'altérer par des mouvements disgracieux. Je réalise à quel point j'ai eu de la chance de naître imparfaite. On peut attendre de moi que j'améliore mon apparence dans la mesure du possible, mais personne n'espère me voir ressembler à une statue. Les jeunes femmes qui sont sur terre pour attirer les regards sont condamnées à décevoir. Est-ce pour cela que sa mine est si triste ? Je repense à Madélie dont les mauvaises langues disent qu'elle pourrait être belle si elle prenait le temps de se vêtir et de se poudrer convenablement. On lui en veut presque de négliger sa jeunesse.

Je ne connais pas le valseur, mais j'aimerais avoir assez d'audace pour lui souhaiter, dans mon anglais approximatif, la meilleure des chances avec sa nymphe. L'amour est émouvant, même lorsqu'on en est simple spectateur.

En retournant à mon siège, je suis surprise de croiser monsieur Dupossible.

— Vous êtes donc venu ?

— L'occasion de vous revoir était trop belle.

Sa tentative de galanterie me fait sourire. Elle semble empruntée à un manuel.

Je baisse le menton en guise de remerciement.

Il baisse le menton en retour.

Ses lèvres se tendent. Après hésitation, je conclus qu'il s'agit d'un sourire.

Pendant presque trois minutes, je goûte à la fraîcheur de son silence. Puis, n'en pouvant plus de se taire, il finit par m'entretenir de ses activités caritatives. Je l'interromps pour éviter d'entendre la suite.

— Qu'avez-vous pensé de la performance de madame Ladouceur?

— Quel scandale, non? Les organisateurs ont voulu se moquer des valeurs familiales et catholiques du peuple canadien-français!

— Vous dansez le quadrille, monsieur Dupossible?

Sans attendre sa réponse, je cours inscrire son nom dans mon carnet de bal.

Carmen

En poussant la porte du Bar Dix, je pose le pied sur ce qui s'avère être une plaque de glace. Je retrouve mon équilibre au dernier moment. Je mets quelques minutes à me repérer dans ce quartier qui ne m'est pas familier. Quelques salons de massage s'alignent le long de la rue Ontario aux côtés des brocantes. Un réverbère agonise. En cherchant des yeux l'arrêt d'autobus, j'aperçois une paire de chaussures qui pend d'un fil électrique et se balance au vent.

Arthur sort derrière moi. Chacune de ses enjambées suffit à rattraper trois de mes pas.

— Qu'est-ce que j'ai dit pour vous faire fuir?

— Ne me vouvoie pas, s'il te plaît.

— Pourquoi marches-tu aussi vite?

Je pointe l'index vers mes deux jambes presque nues. Il n'y a que mon bas de nylon entre moi et la bourrasque. Maudite vanité.

— Aurélie m'a dit que tu voulais me rencontrer.

— C'est toi qui as choisi ce bar pour le rendez-vous?

— Ce n'est pas le plus joli des endroits, mais il appartient à quelqu'un de ma famille et j'ai droit à des réductions sur les consommations.

D'un geste théâtral, il indique les lumières du boulevard encore lointain:

— Tu préfères un café? C'était mon premier choix, mais selon Aurélie, j'avais de meilleures chances en t'offrant de l'alcool.

Mon amie est une vipère. Ou plutôt, elle n'est plus mon amie. Son poste est désormais vacant. Arthur éclate de rire. Ses dents sont démesurées.

— C'est drôle?

— La nervosité. J'ai raté la première impression. Je suis tout le contraire d'un séducteur de taverne. Je suis philosophe. Disons plus précisément étudiant en philosophie.

Je ralentis pour mieux jauger la bête. Une couette de cheveux longue et frisottée devant son œil droit. Un nez fin et pointu au-dessus de lèvres minces et pâles. Il porte un manteau à carreaux noir et blanc. Il correspond en tout point à ma définition du biscuit sec.

— Tu étudies la philosophie à quelle université ?

— La philosophie ne s'étudie pas. Elle se vit. Elle obsède. Elle s'impose.

— Je ne sais pas pourquoi Aurélie a insisté pour qu'on se rencontre. J'ai tellement détesté la philo au cégep que j'en ai encore des ulcères.

— Toi, tu étudies quoi ?

— Le marketing.

— Tu as raison, c'est curieux. Le marketing et la philo : des ennemis héréditaires.

Je ne peux qu'être en accord avec sa remarque. Nous nous remettons en route.

De rares feuilles mortes tourbillonnent dans l'air. D'autres viennent mourir sous les roues des voitures ou se joignent aux tas de compost qui se forment le long des trottoirs. Comme l'autobus ne vient pas, nous décidons de marcher. Je chasse mon malaise en vérifiant constamment mon cellulaire pour savoir si j'ai de nouveaux messages. Mon écran demeure intraitable. Nous débouchons enfin sur une avenue avec des restaurants ouverts de nuit.

— Bon, il n'y a pas de cafés fins dans le coin, mais il y a de la bonne cuisine canadienne, suggère-t-il.

— Je suis un peu fatiguée, je crois que je vais retourner chez moi. Tiens, voici l'autobus.

Je file vers l'arrêt le plus près et monte en omettant de montrer ma carte OPUS au chauffeur. Ce dernier, penché sur sa radio, est trop préoccupé par le déroulement d'une partie de hockey pour s'en offenser. Je m'installe au fond. Sur le siège devant moi, un graffiti est dessiné au marqueur noir : « Sarah est une salope. » Une demoiselle à l'honneur bafoué. J'ai une pensée pour elle.

Arthur se hisse à bord à son tour. Il vacille alors que le véhicule démarre. Il s'accroche à un poteau et me rejoint.

— Tu veux visiblement abréger notre rencontre, Carmen, mais j'aimerais mieux te connaître. Si Aurélie a vu un lien entre nous, ce serait bien de le démystifier.

— Aurélie veut que tu t'intéresses à son amie célibataire et déprimée. C'est tout.

— Elle m'a parlé d'une forte intuition.

Je remarque son regard posé sur le graffiti. Il se gratte le menton comme s'il cherchait un sens caché à ce message.

— Elle a insisté pour que je te voie. Je veux comprendre pourquoi.

Arthur se lève et peine à naviguer jusqu'à l'avant du véhicule. Il s'adresse au chauffeur, puis revient, triomphant.

— Tu veux faire un tour d'autobus ? Le conducteur nous donne la permission de jaser ici aussi longtemps qu'on le veut. D'un bout à l'autre, le trajet dure une heure et quart. Après, on revient. Si on est encore ici à ce moment-là, il préfère nous avertir qu'il y a souvent des transactions de drogue après minuit. Qu'est-ce que t'en dis ? On épargne le prix d'un café et il fait chaud.

La citrouille vient de se métamorphoser en carrosse. Le décor gris métallique et bleu poudre devient étrange. Je suis curieuse de voir les grands cartels des transports en commun à l'œuvre.

— Si on veut tenir jusque-là, encore faut-il trouver un sujet de conversation. Ce n'est pas facile puisque nous avons déjà établi que nos champs d'intérêt sont différents. Alors, Arthur, je commence. Que penses-tu faire avec ton diplôme une fois tes études terminées ?

— Pourquoi poser la question ?

— À cause de tes insinuations douteuses au sujet du marketing. Il y a de grands avantages à étudier l'art du superficiel, en l'occurrence des possibilités de carrière.

Il balaie la remarque d'un sourire.

— Loin de moi l'idée de bafouer ton parcours universitaire, c'est juste que j'ai du mal à comprendre comment on peut s'intéresser à ça !

— Les gens sont heureux d'acheter des produits dans de belles bouteilles et de recevoir des échantillons gratuits.

— Tu n'en parles pas avec enthousiasme.

Arthur plonge son regard dans le mien. Ses yeux sont verts. Mon silence ne trompe pas.

— J'ai une théorie sur la chose et j'aimerais la vérifier. Est-ce que tu aimes ce que tu fais ? Aurélie a peut-être perçu un lien de complémentarité entre nous, une personne passionnée peut être utile à une personne déprimée, comme tu dis.

Un long silence s'ensuit, jusqu'à ce qu'un ivrogne monte dans l'autobus, abreuvant d'injures les rares passagers.

— Ai-je raison ? demande-t-il doucement.

— Comment peux-tu tirer des conclusions pareilles ? Tu me fréquentes depuis moins d'une demi-heure.

— Tes haussements d'épaules, tes regards lancés dans les airs à tout moment.

Après quelques secondes de réflexion, je capitule.

— Peut-être.

— Tu vois, je gagne à être connu.

Il me tend la main pour que je la serre :

— Je t'offre mon amitié. Fais vite ! C'est une incroyable promotion valable pour un temps limité.

Mathilde

Ma mère a raison. J'atteins le paroxysme du grotesque dans le quadrille. Je me réjouis pourtant que mon partenaire de danse soit aussi gauche que moi. Nous formons un couple qui détonne dans cette assemblée parfaitement coordonnée.

Je sais que ma mère va probablement me gifler, de retour à la maison, pour lui avoir désobéi. Elle m'accusera de gâcher la réputation de la famille et répétera sa métaphore favorite.

La réputation d'une femme est aussi fragile qu'un pain de sucre qu'on échappe dans l'eau. On peut la récupérer, mais jamais dans sa forme initiale.

Une partie de moi espère la voir bouillir de rage. J'aimerais tellement aviver cette colère en m'écriant : «Pardonnez-moi, bonnes gens de Montréal, de l'affront que je vous ai fait en dansant ce quadrille malhabile !»

Je retourne m'asseoir en attendant la pluie de remontrances de ma mère. Je ne me trompais pas. Bientôt, elle traverse la salle et fond sur moi comme un aigle.

— Prends mon bras, nous allons retrouver ton père, dehors.

De toute évidence, je n'ai pas l'étoffe d'une enfant rebelle. La culpabilité me consume déjà de part en part.

— Mathilde, tu m'avais promis d'éviter le quadrille.

— Je sais, mais…

— Comment t'en vouloir ? Ton affection pour monsieur Dupossible était trop grande pour refuser. Ma pauvre enfant !

Elle pose un baiser sur mon front et replace le châle sur mes épaules.

— Attention aux courants d'air, ce n'est surtout pas le temps de t'enrhumer.

Carmen

La sonnerie du téléphone me réveille avant le lever du soleil. Une seule personne est capable d'un tel méfait durant la fin de semaine.

Ma mère.

Les paresseux sont des bons à rien. Telle est sa devise. Elle me la lance depuis des temps immémoriaux d'un ton chantant et énergique chaque fois qu'elle croit bon de me priver de sommeil. Il fut même une époque où elle venait dans ma chambre pour tirer sur mes couvertures et exposer mon corps dénudé. Je suis convaincue qu'il y a eu une erreur génétique lors de ma conception. Dans mon dictionnaire, les mots «bonheur» et «matin» sont tout à fait contradictoires.

— Bonjour, Carmen. C'est ta maman.

Elle doit me le rappeler à tout coup.

Suivent une série de nouvelles. Mon père veut refaire la galerie. Il faudra sans doute réparer la plomberie de la salle de bain. Les robinets de chrome coûtent trop cher. Mon frère aîné, un ingénieur à la vie résolument banale, a pris trois jours de vacances. Ma grand-mère a gagné cinquante dollars au bingo. Des pots de fleurs achetés chez Walmart ont provoqué une invasion de drosophiles.

Après son interminable narration, elle s'arrête brusquement.

— Tu ne parles pas beaucoup! Voyons, quoi de neuf pour toi? Tu sais que je dois produire des rapports hebdomadaires à toute la famille.

J'ai essayé, par le passé, de trouver des réponses humoristiques ou bien originales à cette question. J'y ai renoncé devant mon peu de succès.

— J'ai eu un rendez-vous hier.

— Fantastique! Comment s'appelle-t-il?

— Arthur.

Ma mère garde le silence durant de longues minutes.

— Arthur? Il a quel âge?

— Pas plus de vingt-cinq ans, je dirais.

— Tu ne lui as pas demandé? Avec un prénom pareil...

— Carmen, c'est pas une trouvaille non plus, tu sais.

Soupir en sourdine.

— Est-ce qu'il va à l'université?

— Oui. Il veut devenir philosophe.

Aucun commentaire. Ma mère change de sujet. Elle me raconte l'histoire de sa collègue de travail dont la fille est aux prises avec un amoureux âgé et marié. Je suis tentée de déclarer théâtralement : «Je crois que la rencontre d'Arthur a bouleversé ma vie à tout jamais. »

Ce serait déplacé.

— Et tes études, Carmen? Tu travailles fort?

Je finis par lui avouer avoir sauté quelques cours. Après son sermon sur l'importance de bien faire tout ce que l'on entreprend, je promets de redoubler d'efforts.

Mathilde

Le lendemain, je dois me lever tôt pour me rendre à l'église. Messe, rosaire, vêpres : ma journée doit être consacrée à la dévotion. Pourtant, des airs de musique me trottent toujours dans la tête. J'ai beaucoup à me faire pardonner de la soirée de la veille : péché d'envie, péché d'orgueil, péché de gourmandise. Le chant continue de me hanter. J'ignore en quoi rêver d'apprendre cette pièce au piano fait de moi une mauvaise catholique, mais je préfère néanmoins m'en repentir.

Le curé met en garde les paroissiens contre les sympathisants de l'idéologie libérale. Il nous rappelle que monseigneur Bourget a le droit d'excommunier qui bon lui semble. Je ne prête qu'une attention distraite au sermon. Je m'intéresse si peu aux querelles politiques.

Madélie se tourne vers moi et me fait une série de signes. Je comprends très bien. Elle brûle d'entendre le récit de ma soirée au *Charity Ball*. Mon amie a passé la sienne à m'envier, prenant plaisir à imaginer par le menu ce que je voyais.

Lorsque nous nous retrouvons sur le parvis, elle veut que je lui décrive les plus belles robes et les décorations. La seule chose que je lui raconte est l'intermède musical qui a tant choqué les convives.

— Il faut absolument que je trouve une façon de mettre la main sur la partition et je n'ai aucune idée comment m'y prendre.

— Tu connais le titre de cette œuvre ou le nom du compositeur, au moins ?

— J'ai beau chercher, je ne m'en souviens pas. L'air parlait d'un oiseau rebelle ou quelque chose de semblable. Et je crois avoir entendu quelqu'un dire que c'était tiré d'un opéra se déroulant en Espagne.

— Ouh, bonne chance !

Ma mère est en grande conversation avec monsieur et madame Jodoin. Échangent-ils sur les épreuves que subissent les parents de nos jours ? Nous obtenons la permission de rentrer à pied. Quel bonheur de sillonner les rues de Montréal lorsque l'après-midi est clair et la température clémente, du moins pour la saison. Madélie se fait héler par une vendeuse. Des fermiers se tiennent debout près de leurs étals. Ils vendent des courges et des pommes de terre.

Tout à côté, les commerçants proposent des étoffes lourdes, des capelines, des bottillons et des fourrures. Les vitrines de la rue Saint-Jacques sont devenues les almanachs des temps modernes, elles servent à marquer le passage des saisons.

Comme l'hiver sera long…

— J'y pense, Mathilde. Je ne sais pas si cette information peut t'être utile, mais le professeur qui enseigne à mes frères et sœurs est déjà allé en Espagne. Il m'a raconté qu'il avait voyagé en Europe. Je peux lui demander pour toi s'il a déjà entendu parler de cet opéra…

Nous arrivons dans un quartier plus tranquille. Des maisons à façade grise. Des arbres qui ont sommeil. Et le rire des enfants qui s'estompe peu à peu, chassé par les harangues de ces mères qui craignent que leur progéniture ne prenne froid.

Je me demande si j'aurai un jour la chance de sentir la caresse d'un autre soleil.

— Il ne t'arrive pas d'imaginer être née ailleurs, Madélie ?

— Tu parles encore de la théorie d'Armande qui pense que nous serions plus heureuses sur une ferme ?

— Non, je parle d'un endroit où il ne serait pas mal vu de porter une robe rouge sang en plein bal. Où personne ne nous reprocherait d'être brunes plutôt que blondes. Un lieu où le quadrille serait banni !

Madélie a déjà répété des pas de danse avec moi. Elle sait à quel point j'ai du mal à être gracieuse, surtout lors de chorégraphies qui requièrent une grande concentration. Au lieu de glisser vers la gauche, je bondis. Mes bras exécutent des gestes qui ressemblent à des spasmes. Souvent, je sors la langue et mon visage se tord en un rictus comique.

Madélie prend la pose qu'elle adoptait autrefois lorsqu'elle imitait les religieuses du couvent : menton sur la poitrine, mains jointes au cœur et regard pieux.

— Tu es née à Montréal et tu mourras à Montréal, mon enfant. Remercie le Seigneur de t'avoir fait cette grâce. Amen.

Carmen

J'attrape un vieux jeans délavé et un t-shirt, repensant à la veille. Arthur et moi avons passé une bonne partie de la nuit à discuter dans l'autobus. Puis, il m'a escortée jusqu'à ma porte.

— J'aurais aimé que la soirée soit encore plus longue. J'aime ton sens de l'humour, a-t-il déclaré alors que je fouillais parmi les vieux coupons de caisse dans ma poche pour trouver ma clé.

Il a touché mon avant-bras. J'ai pensé à ma résolution d'arrêter le sexe. Moment de suspense. J'ai imaginé toutes sortes de manières de l'inviter à monter. Qu'est-ce que je lui raconterais, une fois là-haut? Comment parler de chasteté sans passer pour un témoin de Jéhovah?

Heureusement, il a lui-même tranché le dilemme.

— Je dois rentrer pour nourrir mon chat. Mais avant, je voudrais obtenir la permission de communiquer avec toi de nouveau.

— Tu vis bien au vingt et unième siècle?

Il s'incline pour faire la révérence, exécutant trois pas légers de côté. Un étrange ballet. Un menuet à la Louis XIV dans le quartier Côte-des-Neiges.

— Bonne nuit, Carmen.

Je me suis demandé si j'avais aimé être raccompagnée sans que la possibilité de partager un oreiller ait été soulevée.

Aujourd'hui, je crois que c'est un faux problème.

Depuis quelque temps, je suis affligée du mal de la terre brûlée. Les nerfs arides et le cœur stérile. En quelques heures, Arthur a fouillé mon âme pour en extraire la cellule cancéreuse.

Il me manque la passion.

Mathilde

Mon rêve le plus fou serait de me produire en spectacle devant des inconnus. De faire naître chez la foule anonyme une quelconque passion, voire de la fougue. Ma voix ferait vibrer l'assistance, surtout dans les notes les plus aigües. En plein milieu de ma performance, certains spectateurs se lèveraient, furieux, et quitteraient la salle en m'insultant.

La colère me paraît tellement plus salutaire que l'ennui.

Ma mère entre dans le salon à pas feutrés. Je sursaute comme si elle m'avait surprise à voler des bijoux dans sa cassette.

— C'est très joli, cette mélodie, Mathilde. C'est nouveau?

Elle n'a pas reconnu le morceau d'opéra que j'essaie désespérément de retrouver sur mon clavier depuis l'instant où je l'ai entendu pour la première fois.

Désirer l'interdit est un péché grave, mais chanter ne l'est pas.

Carmen

Le voyant lumineux du répondeur clignote avec insistance. Arthur. Il m'invite à prendre un café. Au lendemain d'un premier rendez-vous : c'est impardonnable.

Aurélie s'en réjouit.

— Tu veux dire que vous vous êtes rencontrés hier et qu'il t'a appelée aujourd'hui ? Fantastique ! Ça signifie qu'il a entendu le grand « clic ».

— C'est ta façon de t'excuser de m'avoir piégée dans un *blind date* ?

Retour en arrière. Le premier rendez-vous de ma vie. Un désastre orchestré par une de mes amies de l'époque que je n'ai plus revue depuis le secondaire. Un affreux boutonneux du cégep. Il a posé sa main sur mon sein droit après avoir échangé trois banalités. Mes ongles, que j'avais peints en noir, se sont plantés dans son menton. Lorsque je les ai retirés, le bas de son visage ressemblait à un jardin vandalisé. J'avais quatorze ans.

— Je *dois* utiliser des tactiques déloyales pour que tu voies la réalité en face, Carmen. Tu ne cherches qu'à t'accoupler avec des « pas d'allure » !

— Et Arthur, c'est un jeune homme convenable, je suppose ? Un seul rendez-vous et mon répondeur se déchaîne.

— Voyons, Carmen ! C'est juste un émotif, un tempérament d'artiste...

Son ton est légèrement condescendant. Je la corrige :

— Non, non, ce n'est pas un artiste, c'est un philosophe.

— C'est encore pire, ils sont bizarres, ceux-là ! s'exclame-t-elle comme si elle côtoyait Nietzsche sur une base quotidienne.

— On n'appelle pas le lendemain d'une première rencontre.

— Les êtres marginaux défient les conventions. C'est le rôle des philosophes, entre autres.

Je ne trouve rien à rétorquer.

— Je l'ai observé de loin pendant une soirée, poursuit-elle. Il écoute son interlocuteur et semble le trouver intéressant, même lorsqu'il a affaire à un abruti. Il a le regard intelligent, toujours à cheval entre la moquerie et la dérision. Moi, je l'adore.

— Parfait, je serai votre demoiselle d'honneur.

Il n'est pas question de le laisser me prendre d'assaut. Il doit gagner ma confiance. Devenir l'homme du jour, de la semaine, puis celui du mois. Mélanger graduellement le lait et la farine pour éviter les grumeaux. Voilà la recette qu'on m'a toujours enseignée.

Aurélie n'arrive pas à comprendre.

— Donne-lui au moins une chance. Es-tu libre ce soir ?

— Bien sûr.

— Alors, accepte son invitation.

Je prends une pause pour calculer.

— Pas avant trois jours.

— C'est trop. Fais un compromis, c'est un philosophe. Contacte-le demain.

Je suis sidérée par son raisonnement.

En attendant, j'ai une journée à remplir. Une occasion pour terminer le nettoyage de l'appartement. Un sentiment d'urgence m'assaille. Malheureusement, mon enthousiasme décline après quelques minutes d'arts ménagers.

Je décide de lire. Un ouvrage de philosophie. Pour séduire un mécanicien, il ne faut pas craindre l'huile.

Je m'approche de ma bibliothèque avec circonspection, tirant des rayons deux ouvrages neufs. Les couvertures sont luisantes. L'odeur de colle, enveloppante. Deux auteurs analysés au cégep en m'inspirant fortement d'un résumé trouvé sur le Web. Un à la couverture blanche, *Les Pensées* de Blaise Pascal. Un autre à la couverture bleue, *La République* de Platon.

Après mûre réflexion, j'opte pour Pascal. Le portrait sur la couverture présente un individu dynamique, éveillé, imberbe.

J'entreprends la lecture sur un air de Vivaldi. Ce n'est pas tous les jours qu'on lit son premier ouvrage de philo.

En vain.

Aucune des phrases n'a de sens. Le livre est tapissé de concepts religieux assommants. Je referme *Les Pensées* et coupe les cordes de Vivaldi.

Mathilde

La scène manque de naturel. Mon père est installé confortablement dans un fauteuil près du foyer et fume la pipe. Ma mère brode, assise sur une chaise de bois, penchée vers l'avant comme si elle risquait à tout moment de tomber. Je lutte contre le sommeil et l'ennui.

Une de nos rares soirées en famille.

Lorsque nous sommes réunis, chaque mot prononcé est un événement. Les sujets de conversation faisant l'unanimité dans notre logis se comptent sur les doigts de la main. Mon père est peu bavard. Je crois que ma mère déteste être prisonnière de son silence.

En société, mon père se métamorphose en homme chaleureux et avenant, avec un commentaire gentil pour chacun. Il est le roi des galanteries et des finesses. Autant de soufflets au visage de ma mère qui, tout au long de son mariage, n'a fait qu'une très maigre récolte de compliments de la part de son époux.

— J'ai demandé à Frédéric de poser des questions à monsieur Dupossible à ton sujet. Discrètement, bien entendu.

Je suis soulagée de constater que les tâches exigeant de la subtilité sont confiées à mon père.

— Tu ne lui déplais pas, Mathilde, assure ma mère.

— Rien n'est décidé, évidemment, nous ne parlons que d'hypothèses, renchérit le chef de famille, mais nous voulons connaître ton opinion au sujet de Jean avant de procéder.

Dire la vérité est hors de question. J'ai déjà promis à tout le monde, ainsi qu'à moi-même, que j'accepterais la première offre de mariage. J'ai déjà pesé le pour et le contre du célibat. Je veux éviter d'être celle qui doit se faire discrète, dans un coin, pour attirer des regards désolés. Je veux des enfants. Je désire connaître l'amour, même si ce n'est que pour une nuit.

— C'est un homme… très gentil.

Ma mère est satisfaite. Mon père ne cherche pas plus loin.

— Une chose m'inquiète vraiment, dis-je. Monsieur Dupossible est un homme agréable, mais j'ai l'impression qu'il va hésiter à demander ma main. Je crois que mon manque de culture le trouble.

— Ridicule, tu as fréquenté un des meilleurs couvents de la province !

— Monsieur Dupossible est extrêmement instruit, papa. Il adore parler de ses lectures, des classiques de la littérature, des raisonnements philosophiques. À ses côtés, je suis une idiote.

Ma mère intervient :

— Je suis d'accord, Frédéric. Monsieur Dupossible est un bel esprit.

— J'en conviens, Éléonore, mais comment pensez-vous remédier à ce problème ?

Je prends une longue inspiration afin de mesurer chacune de mes paroles.

— Avec tout le respect que je vous dois, j'aimerais vous demander de suivre des leçons de philosophie et d'histoire. Cela permettrait de mieux alimenter la conversation avec ce monsieur et de le convaincre que je suis celle qu'il désire épouser.

Mon père est déboussolé. D'habitude, il confie à ma mère les décisions importantes concernant mon éducation. L'enthousiasme de cette dernière est évident : elle est sur le sentier de guerre et ferait n'importe quoi pour attraper monsieur Dupossible dans ses filets.

Papa prend une longue bouffée de sa pipe.

— Si je te comprends bien, tu voudrais que j'engage un précepteur ?

— Oui, mais quelques heures par semaine me suffiront. Il pourra me recommander de lire les ouvrages qu'il juge appropriés à mon sexe et à mon niveau.

— Ce n'est pas une mauvaise idée. Je demanderai à quelques-uns de mes contacts s'ils ont une personne fiable à me référer.

— Père, si vous le permettez… J'ai déjà un candidat à vous soumettre. Mon amie, Marie-Adélaïde Jodoin, m'a dit les meilleures choses au sujet du tuteur qui vient déjà chez elle. Comme nous sommes voisins, il pourrait passer chez nous juste après.

Mon empressement éveille sa suspicion. Je choisis un air grave qui convient mieux aux circonstances. Les sourcils gris et épais du patriarche forment deux lignes parfaitement droites. Mon père est l'homme de la rectitude. J'ai reconnu ses traits dans ceux d'un buste d'Auguste, empereur de Rome.

— C'est un fervent catholique?

— Vous connaissez le père de Marie-Adélaïde. Monsieur Jodoin a pris des précautions avant de choisir le précepteur de ses enfants…

— Dis à ton amie que cet homme doit venir me rencontrer. S'il me plaît, il sera engagé.

Carmen

Dix-sept heures. Charles me trouve plongée dans la pénombre, immobile. Nos regards se croisent. Il cherche à poser une question. Ses lèvres se pincent. Le dialogue échoue. Nous étions si près du but.

Il repart.

Je dois à tout prix l'aider à formuler sa pensée. Sa chambre est une voûte. Si les portes s'en referment, qui sait quand elles se rouvriront?

— Charles?

Je le rattrape, sans la moindre stratégie pour meubler la conversation.

— Je me demandais comment tu allais.

— Pourquoi?

Je suis débonnaire, philanthrope. Je m'intéresse à l'homme en tant qu'espèce au sein du règne animal et j'embrasse chaque opportunité d'approfondir mes connaissances en interrogeant différents spécimens. Je milite pour l'abolition des barrières entre les sexes. Je crois que le mutisme est un sévère handicap et je vole à ton secours.

— Je prends de tes nouvelles.

— Tout va bien. Je me prépare à sortir.

— Pour aller où?

— Travailler.

— Un boulot de cuisinier?

— Oui. Dans un resto italien.

— T'as des ancêtres italiens?

La question lui paraît étrange. Elle me surprend aussi.

— Non.

Il ouvre la porte. Je l'ai fait fuir. Quelle tarte! La prochaine fois, nous pourrons reprendre la conversation là où elle a échoué. Je lui demanderai si ses aïeuls étaient russes ou norvégiens. Puis, nous parlerons de son affection particulière pour sa grand-maman.

J'ignore quelle heure il est. Le soleil se couche trop tôt ces jours-ci.

Le silence s'installe dans l'appartement jusqu'à ce que les voisins de droite décident de regarder un film de guerre. Petit tour sur Internet, mais je me lasse. Je repense au message d'Arthur, un peu trop prompt à désirer me revoir. La décision de le contacter, d'accepter son café, est entre mes mains. Son numéro est accroché sur le babillard.

Le téléphone sonne au moment où je m'apprête à décrocher le combiné. Cliché.

— Salut, c'est Stéphane.

— Qui ?

— Stéphane. Le gars de ton cours de droit des affaires. On doit rédiger un travail ensemble. Je t'ai envoyé des tonnes de messages.

— Je ne prends jamais mes courriels.

— Pourtant, je viens de voir que tu étais en ligne.

J'entends le sourire dans sa voix. Il faudrait vraiment que j'apprenne à contrôler la sécurité de mon profil informatique pour prévenir ce genre d'intrusion dans ma vie privée.

— Ça fait longtemps que je ne t'ai pas vue en classe, t'as lâché ?

— C'est la maladie… Quelque chose d'assez grave…

— Est-ce que c'est trop grave pour terminer la session ?

— Non, je vais m'en remettre. Merci.

La quinte de toux qui conclut ma réplique sonne comme un râle de mourant. Pour la crédibilité, on repassera.

— Pour le travail ? T'as commencé les recherches ?

— J'ai des idées… Dans une salle d'attente d'hôpital, on a le temps de réfléchir.

— Viens au cours lundi nous montrer ce que tu as ramassé.

Je dois à tout prix me calmer sans laisser de marques de griffes sur le divan. J'exècre notre société capitaliste au sein de laquelle même l'état moribond ne sert plus d'excuse pour le relâchement de la productivité. Je devrai courir à la bibliothèque pour commencer cette maudite recherche que je n'ai jamais considérée comme prioritaire. L'étau se resserre dangereusement.

Prise au piège, j'appelle Arthur.

— Carmen? Tu as eu mon message?

— Oui. Impossible pour moi d'aller prendre un café. J'ai un énorme travail à remettre lundi et je dois passer la soirée à la bibliothèque. Tu peux venir avec moi...

Moment de suspense. Je réalise que mon appel a quelque chose d'absurde.

— Certainement, c'est une très bonne idée.

Arthur a l'air ravi. Je viens de trouver quelqu'un qui va m'obliger à bosser. Devant lui, impossible pour moi de procrastiner, car j'ai trop d'orgueil. Je suis sauvée. Il y a de la lumière au bout des égouts les plus nauséabonds.

Mathilde

Mon nouveau précepteur fait son entrée dans la salle à dîner, où je suis installée avec ma plume et mon encrier, sans jeter le moindre regard autour de lui. Il n'admire pas la décoration, les bibelots ni le buffet antique. Il prend place et pose ses livres sur la table. Sans cérémonie, il se présente comme monsieur O'Connor et m'annonce que nous allons commencer la leçon par une révision de l'histoire de l'Angleterre, suivie d'un examen qui lui permettra d'évaluer l'état de mes connaissances en Belles-Lettres.

Il me pose plusieurs questions dont j'ignore, bien entendu, les réponses. Je ne suis pas cancre, mais j'ai toujours préféré lire des feuilletons qui conviennent aux femmes. En général, j'aime mieux me taire plutôt que d'étaler mon ignorance et j'ai toujours, jusqu'à maintenant, réussi à me contenter de ma science.

— Bien. Nous allons débuter par la conquête du territoire des Angles et des Saxons par les Romains.

Mon professeur a un léger accent. Il roule ses «r». Pourtant, à l'écouter parler le français, on croirait qu'il connaît cette langue depuis toujours. Il s'adresse soudain à moi en anglais afin que la leçon soit plus profitable.

Monsieur O'Connor parle très lentement. Il semble à moitié convaincu de ce qu'il me transmet. J'en déduis qu'il trouve absurde de m'enseigner. Est-ce parce que je suis une femme ou parce que j'ai cinq ans de plus que ses disciples d'à côté? J'essaie de démontrer plus d'ardeur à l'ouvrage pour le persuader de ma grande application. Son visage, pourtant, ne s'illumine pas.

Après une heure, je profite d'une pause pour demander à mon professeur, en français, pourquoi il paraît si peu enclin à m'instruire.

— Vous trouvez que je suis trop vieille, n'est-ce pas?

— Je n'ai aucun problème à vous enseigner l'histoire.

— J'ai le sentiment, pourtant... que vous manquez de conviction.

Il demeure perplexe. Ai-je été trop frondeuse en formulant mon reproche? Je cherche en vain des mots pour atténuer ce que je viens de dire. Mon précepteur se désole.

— Toutes mes excuses, mademoiselle Mathilde. Votre père m'a expliqué que vous vouliez acquérir de la culture générale pour mieux vous préparer à épouser un homme de qualité, mais il m'a assuré que vous ne vous intéressiez nullement à ces sujets.

— Il me connaît bien peu.

Nous reprenons le cours. Cette fois-ci, il met beaucoup plus d'entrain à m'interroger et à souligner les éléments à retenir. Au bout de la deuxième heure, il me donne quelques devoirs.

— J'ai une requête à formuler, monsieur O'Connor, et je vous prie de l'ignorer si elle est inconvenante.

Je m'étais fait la promesse de jouer à l'élève attentive et de gagner la confiance de mon professeur avant de lui révéler mon désir le plus secret. Toutefois, il me plaît assez. Je crois pouvoir être franche avec lui.

— Je voudrais que vous me parliez de l'Europe, un jour, si vous en avez envie. Pas seulement d'histoire ou de littérature, mais de l'endroit où vous êtes né, où vous avez vécu.

Je regrette immédiatement d'avoir soufflé cette confidence. S'il allait trouver mon père pour lui rapporter mes propos?

— De l'Europe? Comment savez-vous que je suis né là-bas?

— La moue que vous faisiez lorsque vous parliez de l'Angleterre, tout à l'heure, laisse deviner que vous êtes un Irlandais.

Je réussis à le dérider. Je suis moins sotte lorsque je ne suis pas écrasée par le poids des conventions et le regard de ma mère.

— Vous connaissez déjà mon amie Marie-Adélaïde. À vrai dire, elle m'a dévoilé quelques informations à votre sujet. Elle m'a dit que vous avez séjourné en Espagne et cela m'a suffi à souhaiter votre compagnie.

Je demeure stupéfaite, me demandant si j'ai vraiment eu l'audace de prononcer ces épouvantables paroles.

— Pardonnez-moi. Ces mots sont indignes de moi. Vous voyez pourquoi j'ai encore besoin d'éducation, à mon âge?

Heureusement, il ne semble guère choqué.

— Votre père m'a donné des instructions très précises que je m'empresserai d'oublier de temps en temps, si tel est votre désir… Je vous raconterai quelques-unes de mes meilleures aventures en Europe, si vous me promettez d'être très discrète! Je ne veux pas que votre futur mari vienne me provoquer en duel.

— Vous pouvez compter sur moi.

— Je suis ravi de faire votre connaissance, mademoiselle Mathilde. Les convenances vous obligent à m'appeler monsieur O'Connor, mais vous pourrez m'appeler Liam après la leçon.

— *Well then, delighted to meet you, Liam.*

Carmen

J'arrive à la bibliothèque. En retard. Je m'attable. Une poule dans un abattoir. Parcourir les paragraphes. Souligner. Griffonner. Aller à l'essentiel. Persévérance, sobriété, vertu.

Arthur lit un bouquin titanesque : *Greek philosophy*. En anglais. Le visage serein. Les muscles des épaules détendus, jetant parfois des regards songeurs vers le lointain, comme s'il assimilait les concepts au fil de sa lecture. A-t-il idée de l'agacement qu'il me cause chaque fois qu'il passe sa langue sur ses lèvres pâles ?

— Ça parle de quoi, ton livre ?

— Je fais une recherche sur Démocrite et le matérialisme dans la Grèce antique.

— Intéressant !

— Savais-tu que le concept de l'atome a été découvert au cinquième siècle avant notre ère ? À la suite de la montée de l'aristotélisme, il est tombé dans l'oubli jusqu'à la Renaissance italienne.

Je l'interromps.

— J'étais sarcastique.

— Un homme, seul, sans laboratoire, sans microscope, a imaginé que chaque objet de l'univers était composé de microparticules et tu t'en fous ?

Je ne lui avoue pas que j'applique les grands principes du marketing pour façonner mon image. J'ai passé mon enfance à être montrée du doigt parce que je lisais des livres et parce que je portais des lunettes trop épaisses. Lorsque j'ai poussé dans mon corps d'adulte et que la chirurgie au laser m'a permis d'investir dans de faux cils, j'ai commencé à séduire. J'avais trouvé le bon emballage. Pas question pour moi de retourner en arrière.

De sa main droite, il caresse lentement son menton, puis ses yeux trouvent refuge sur un rayon de livres.

— Je te regarde travailler depuis un moment et je prédis que tu ne termineras pas. Tu vas essayer de pondre un brouillon à cinq minutes de la remise. Tu n'as aucune passion pour ce que tu fais.

Sa remarque frôle l'arrogance, mais son visage dément toute intention malveillante.

— T'as un conseil ?

— C'est simple. Trouve un moyen de rendre ce travail utile pour toi.

— Aide-moi, Arthur ! Comment rendre utile un essai ayant pour thème : « Réglementation municipale dans l'industrie hôtelière » ?

Sa mâchoire reste en suspens pendant quelques secondes avant de se refermer brusquement, provoquant un désagréable claquement.

La bibliothèque ferme ses portes. J'ai à peine commencé à me mettre à l'ouvrage. Une fois dehors, Arthur propose de terminer la veillée ailleurs, comme s'il ignorait que, pour rattraper mon retard, je devrai passer quelques nuits blanches.

— Qu'en dis-tu ?

— Pas question. Je dois être ici demain matin pour l'ouverture. La bibliothèque sera mon terrier jusqu'à la fin de la session.

— On se rappelle bientôt ?

— Je sais pas trop...

Devant mon hésitation, il hausse les épaules et s'éloigne. Ai-je été trop prompte à l'envoyer paître ? Sa silhouette se perd dans la nuit. Une intuition. Arthur est en train de se sauver de moi. Une panique soudaine me gagne. Il va disparaître de mon existence. Je vais rester seule. Aurélie, qui a déjà tout compris de la vie à vingt et un ans, voulait m'éviter le pire.

Au diable l'amour-propre ! Je m'élance à sa poursuite sans me soucier de la glace sur le trottoir. Je ne laisserai pas Arthur filer. Il y a quelque chose en lui qui me fascine. Ce n'est pas un de ces êtres unidimensionnels dont on fait le tour en un quart de seconde.

En le rattrapant, je ralentis le pas, pour ne pas avoir l'air d'une débile. Je vais lui plaquer mes mains sur les yeux et, avant qu'il puisse comprendre ce qui se passe, je vais l'embrasser.

Mon geste malhabile pour le surprendre ressemble plutôt à une taloche derrière la tête. Il se retourne et m'empoigne. Je me retrouve prisonnière d'une douloureuse clé de bras.

— Carmen?

Mon cri de douleur me trahit. Il me relâche. J'ai l'impression que mon épaule s'est disloquée.

— T'es malade? Hein? Complètement fou?

— Je suis désolé… J'avais cru… Est-ce que ça fait mal?

Arthur me soulage comme il peut, en exécutant des massages ridicules sur mon articulation.

— Tu veux voir un médecin?

Je secoue la tête. Sa mine affligée fait lentement place à un sourire.

— Tu avais oublié de me dire quelque chose?

— Oui. J'accepte ton invitation. Je n'ai jamais été un bourreau de travail de toute façon.

En voyant venir vers nous un autobus, je repense à la soirée que nous avons vécue grâce à la magie du transport en commun.

— Je propose qu'on monte là-dedans et qu'on débarque n'importe où.

Sans attendre, je m'élance. Nous nous retrouvons bientôt assis côte à côte.

— Tu sais, on se dirige vers un quartier mal famé, fait-il remarquer.

— Avec toi, je n'ai pas peur. T'as étudié les arts martiaux?

— J'ai appris très jeune à me défendre.

Nous allons vers le nord. Dans la rue, il n'y a pas âme qui vive. Nous croisons une rare voiture, une grosse sportive rouge conduite par un homme qui se croit le roi du monde.

Les fenêtres sont ouvertes malgré le gel et la musique est si forte que la basse fait vibrer l'autobus.

Arthur se rembrunit.

— Je connais le coin. Il n'y a rien à faire par ici.

Mon regard se pose sur une enseigne annonçant un karaoké ouvert le samedi.

— On débarque. Viens, Arthur.

Mathilde

La maison est en émoi. Monsieur Dupossible va nous rendre une deuxième visite. Il assiste à une fête organisée pour souligner le départ de mon père qui nous quitte pour un nouveau voyage d'affaires.

Ma mère a réuni quelques convives à la hâte pour donner à son futur gendre l'impression que personne ne tient à lui soutirer une déclaration d'amour contre son gré. Il ne faut surtout pas le presser. Elle compte gagner son cœur par l'estomac. Déployant ses armes les plus redoutables, elle a fait acheter trois gibiers : de l'oie, du faisan et de la perdrix. Après sa soirée arrosée de vin et de sherry, Jean Dupossible aura le panache du chasseur. Il se sentira fort, sûr de lui et, qui sait, des mots hardis sortiront peut-être de sa bouche !

Notre invité le plus espéré entre dans le salon et est présenté à tout le monde comme l'avocat le plus prometteur de Montréal. Il s'assoit près de moi après avoir complimenté les lieux, la maîtresse de maison et ma toilette.

Dès qu'il commence à parler, mon esprit s'envole ailleurs. Mon attention se porte sur les arômes délicieux qui montent de la cuisine par l'escalier de service et qui ont désormais conquis l'ensemble du premier étage. Des odeurs de volaille braisée dans une sauce aux baies s'entremêlent avec celles des gâteaux que nous avons mis des heures à préparer. Je me demande si nos plats feront sensation. Je m'interroge surtout sur la réaction qu'aurait mon interlocuteur s'il apprenait que la demoiselle avec laquelle il discute s'est abaissée à lui faire la cuisine.

Mes mains ne sont sans doute pas aussi lisses qu'elles devraient l'être. J'examine mes ongles. Ce sont peut-être mes pires ennemis. J'ai si peur qu'un jour ces derniers trahissent mes secrets en hébergeant un petit morceau de chou ou de la farine.

— Vous êtes d'accord, mademoiselle Mathilde ?

Je m'empresse de le satisfaire par l'affirmative. Il poursuit. Je ne sais même pas de quoi il peut bien parler.

Ses yeux me plaisent. Lorsque je concentre toutes mes énergies à me perdre dans ceux-ci, j'y arrive presque. Peut-être qu'en posant délicatement ma paume sur ce visage, sur cette joue fraîchement rasée et enduite d'eau de Cologne dont je devine la présence malgré les effluves de la cuisine… Peut-être que je tremblerais et que je ressentirais ce désir de communion parfaite, cette harmonie que promet une épouse le jour de ses noces sans savoir si elle sera capable de tenir parole toute sa vie, ou même jusqu'au lendemain matin.

Armande m'a donné un conseil aujourd'hui. Frôler sa main subrepticement pour voir si le contact de sa peau me brûlera. Mais comment faire pour égarer mes doigts avec innocence sans qu'aucun des sept convives s'en formalise ? Au moment où je tente de m'approcher, mon père s'exclame :

— Vous ne parlez pas de politique avec ma fille, Jean, au moins ?

— Rassurez-vous, mon cher Frédéric. Je n'émettais aucune opinion susceptible de l'émouvoir. Je l'entretenais plutôt d'Otto Von Bismarck. Tout le monde s'accorde pour dire que c'est un homme admirable.

— Nous en reparlerons, vous et moi, après le repas, mais de grâce, laissez les dames en dehors de ces sujets !

Ignorant le commentaire de mon père, j'exprime à monsieur Dupossible toute mon admiration pour son brillant plaidoyer pour la grandeur de la Prusse, puis ma main heurte son coude. Il n'a pas remarqué mon geste. Il poursuit la conversation avec mon père.

— À propos de Bismarck, déclare ma mère afin de ramener l'attention vers elle, j'ai lu qu'il a trouvé un mari pour sa fille alors qu'elle était âgée de trente-huit ans !

J'ai touché son coude et puis… rien. Est-ce parce que le tissu de sa veste ou celui de mon gant sont trop épais pour que je parvienne à me mettre en émoi ?

Et si mon mariage avec Jean Dupossible s'avérait être aussi interminable qu'une soirée d'automne ? L'image devient de plus en plus claire. Mes espoirs de jeunesse, tombant un à un comme des feuilles que je devrai piétiner. Un paysage nu. Un ciel de nuages. Quelques brindilles d'herbes, fanées.

— Madame est servie.

Armande vient d'entrer au grand salon. Elle prononce ces mots usuels en faisant tinter la cloche, mais cette fois, elle emprunte un ton grandiloquent, comme pour narguer un invité qu'elle ne souhaiterait pas servir.

Je chasse mes noires pensées, convaincue que, quoi qu'il advienne, une seule chose ne me fera jamais défaut : l'appétit.

Carmen

Un groupe de femmes salue notre arrivée. Elles nous invitent à nous joindre à elles. Leurs rires avinés se brisent dans les tons aigus. Elles sont six trentenaires à l'âme quinquagénaire. Coiffures de la décennie passée, vêtements désespérément choisis pour aguicher. Trois pichets, vides. Comme cet endroit où nous sommes entrés par erreur. Mon erreur.

Six femmes ridicules parce que la boisson ne suffit plus à noyer leur peine. Six porte-étendards de ce que je pense devenir. J'ai envie de supplier Arthur de me sortir d'ici.

Il converse avec une dame qui rêve de pouvoir chanter *Black Magic Woman* sans fausser. Elle blâme l'arrangement au *keyboard* qui, selon elle, est infidèle à l'original. Il y a quelque temps, Arthur étudiait Démocrite. Je n'avais rien compris. C'est un agent double, capable d'infiltrer les bars. Un observateur méticuleux qui flaire les pièges.

Le propriétaire, ravi d'accueillir de nouveaux visages, nous amène deux *shooters* de sambuca. Il nous invite à choisir les chansons que nous allons interpréter devant l'auditoire. Je fais fi de mon ignorance du solfège et de mon dégoût pour l'anis. Je ne repousserai plus Arthur.

Il s'avance le premier et entame *My Way* de Frank Sinatra. Il redevient philosophe déconnecté du vrai monde, amateur de vieux *crooners* qui n'intéressent plus personne. Sa voix est chaude, sensuelle. On l'écoute en silence. On veut le suivre quelque part. N'importe où. Il termine sa prestation sous un tonnerre d'applaudissements.

Je suis incapable de décrire ce qui se passe en moi. Je le cherche du regard. Il sourit. C'est décidé, je lui fais un aveu.

— Je suis émue.

Mathilde

Il pleut. Je ne sais pas si je préfère la neige ou la pluie. Comme il fait froid, le sol s'enduit lentement d'une pellicule de glace. Les jours filent et se ressemblent, et je n'existe que dans la perspective de mon prochain cours avec Liam.

Même tard dans la nuit, j'applique mes énergies à préparer ma prochaine leçon. Je lis des livres en priant pour que ma mère ne remarque pas ma fatigue au petit matin ou ces chandelles qui disparaissent trop vite. À chaque nouvelle page, il me semble qu'un monde s'offre à moi. Pourquoi ai-je perdu tout ce temps à m'ennuyer alors que j'aurais pu le vouer à m'instruire?

Liam devait venir aujourd'hui, mais la leçon sera sûrement reportée à demain, à cause des intempéries.

Un regret m'habite, celui d'avoir mal employé les heures mises à ma disposition. J'ai trop souvent consacré mes jours à supplier les anges et les archanges pour qu'une diversion me tombe soudainement du ciel. Cela alors que des centaines d'ouvrages sommeillaient sous mes yeux, dans notre bibliothèque.

Armande vient me tirer de ma torpeur. Liam est arrivé, je n'avais pas entendu la cloche. Je ne suis ni prête ni parée à le recevoir.

Lorsque je le rejoins, il est en train de placer sur la table des gravures qui vont illustrer sa leçon. Je me demande quel âge il peut bien avoir. Je suis peu douée pour remarquer le passage des années sur le visage d'un homme.

Carmen

Les pages de mes cahiers s'emplissent de graffitis et de dessins incompréhensibles. J'ai la mauvaise habitude de me prendre pour un designer de mode. Je n'ai aucun talent. Ni pour le crayonnage, ni pour la conception de vêtements.

Étirements. J'envoie un texto à Aurélie : «Moi + Arthur = bibli. Wow, non?»

L'ennui, je connais. Avec mes parents, nous passions deux semaines chaque été dans la roulotte de ma tante Diane. Le camping L'Heureux. Un de ces lieux où les gens occupent un espace vital restreint en essayant de se convaincre qu'ils sont en vacances. Il y avait moins d'une dizaine d'âmes sans carte de la FADOQ. Pas de télé, pas d'Internet. Tandis que les adultes buvaient de la bière en jouant aux cartes, je faisais des promenades solitaires en saluant au passage les flamants roses et les nains de jardin. Chaque année, je devais redéfinir mon échelle de la quétainerie qui semblait sans limites. Puis je tuais le temps. Je cueillais des pissenlits et des marguerites pour en faire des bouquets. Je faisais rebondir des roches sur l'eau.

Il fut un temps où je savais me divertir par moi-même sans craindre le vide.

Dans un élan, je ferme mon bouquin. Je vais mettre un point final aux recherches du droit des affaires. Mes coéquipiers devront se contenter des données que j'ai rassemblées. Je range mon manuel. Pour de bon.

— Alors, Arthur, tu veux qu'on aille croquer quelque chose? J'ai faim.

— Je meurs d'envie d'aller au restaurant, mais je n'ai pas un sou.

— On va chez nous, c'est moi qui cuisine.

Mon garde-manger est d'une nudité désespérante, mais il est rangé. Charles s'est permis d'aligner mes boîtes de conserve. Une armée de petits soldats mandatés pour que je constate l'absence de produits frais dans ma diète.

— Un seul choix de menu : pâtes et sauce tomate.

L'Italie peut se vanter d'avoir sauvé bien des étudiants en détresse. Au moins, il me reste un oignon et une gousse d'ail.

— C'est quoi ce bout de papier ?

Arthur est en train de lire l'extrait de chanson laissé par Simon.

— J'ai trouvé ça sur ma porte un bon matin. Je soupçonne un de mes anciens amants d'avoir voulu me rappeler qu'il vaut mieux être diplomate qu'honnête lorsqu'on cherche à se débarrasser de quelqu'un. Il n'a pas mon numéro de téléphone, c'est sa façon de faire passer le message.

— Tu l'as abandonné ?

— Je dirais plutôt que je l'ai chassé de ma cuisine en manquant de délicatesse.

Arthur devient songeur. Je viens de l'informer de mon passé peu glorieux, j'aurais peut-être dû attendre. Au moins, il ne pourra jamais me taxer d'hypocrisie.

— Est-ce qu'on forme un couple ? demande-t-il.

J'en renverse mes macaronis sur le comptoir.

— Pardon ?

— Est-ce que je peux m'attendre à recevoir le même traitement que l'auteur de cette note ?

— On ne s'est même pas embrassés, Arthur.

— Alors je te pose une question légitime. On se connaît depuis quelques jours. C'est important que je sache quelle tournure va prendre notre relation. Je te considère comme ma blonde ?

— Je suis une amie très spéciale.

— Explique-moi la nuance.

— Nous n'avons pas été initiés !

J'essaie de m'esquiver en faisant un peu de ménage, mais Charles laisse toujours les lieux propres comme une salle d'opération. Lorsque je termine de frotter inutilement le comptoir, le sujet n'est pas encore épuisé.

— Je refuse les relations superficielles, même en amitié, poursuit-il, et je n'embrasse pas mes amies.

Je m'installe sur une chaise, histoire de me forcer à réfléchir.

— Tu dois savoir que je souffre d'une anomalie psychologique. Je ne suis pas faite pour être en couple. C'est comme si l'amour ne m'excitait pas.

— Parce que ça te fait peur ?

— Peut-être, ou alors je suis juste blasée…

— Le problème est de taille, je vais m'y pencher.

Je propose de couper les oignons. Bientôt, trois larmes coulent sur ma joue, mais rien de plus. Mes glandes lacrymales sont à sec.

Mathilde

Même après le départ de mon précepteur, je sens encore sa présence dans la pièce. Aujourd'hui, il a pris un peu plus de temps que nécessaire pour me raconter ses péripéties qu'il a promis de me livrer complètement par bribes, à chaque nouvelle rencontre.

Comme dans les contes des mille et une nuits.

Il a apporté des gravures qu'il collectionne depuis des années. Des paysages lointains. La tour de Londres, des vignobles de France et une corrida en Espagne…

Lorsqu'il était tout jeune, Liam s'est rendu à Rome pour dédier sa vie à l'Église. Puis, il a aimé la ville et ses multiples fontaines. Au gré de ses lectures, quelques éléments ont semé le doute dans son esprit. Il a vagabondé avant de prendre un navire pour l'Amérique en jurant de ne plus jamais revêtir une soutane.

Depuis, je me plais à deviner la suite et à bâtir une histoire romantique expliquant comment un homme si cultivé en est venu, un jour, à vendre ses services d'instituteur pour trois sous.

Je me plais aussi à garder sous mes jupes des papiers de sa main. Des consignes pour les leçons ou des titres de livres qu'il me conseille. Je me permets d'imaginer que ce sont des billets qu'il m'a adressés. Juste à moi.

Armande aime bien me parler du pouvoir des lettres. Elle ne sait pas lire, mais au fil des années, elle s'est intéressée à ces traits d'encre, parfois pâles et volatiles, parfois sombres et appuyés. Elle a appris à distinguer les lettres de qualité, parfois parfumées ou serties d'un élégant sceau de cire, des bouts de papier prêts à être chiffonnés. Chaque invitation, chaque nouvel espoir de notre famille est passé entre ses mains. Je sais, comme elle, apprécier les belles calligraphies pour ce qu'elles révèlent sur l'état d'esprit de leur auteur.

Liam écrit des phrases courtes et droites, d'une main résolue, avec l'assurance de celui qui a voyagé de par le monde. À chaque nouvelle phrase, il assoit son autorité de professeur en traçant des lettres majuscules beaucoup plus complexes que de coutume. Toutefois, les petits traits courbés avec lesquels il ponctue chaque ligne laissent supposer qu'il est amusant.

Je crois que plus Liam apprend à me connaître, plus son écriture trahit son penchant, car les mots s'inclinent. Le papier, pourtant, n'est jamais parfumé. Les lettres de Liam ont l'odeur de la correspondance qu'entretient mon père avec ses clients.

Carmen

Ce matin, je salue Charles sur un ton chantant. Aucune réaction. Il continue d'avaler son déjeuner. Les êtres inexpressifs me donnent toujours l'impression de se payer ma tête. Tel Vasco de Gama partant à la conquête de territoires inconnus, je persiste à vouloir explorer mon coloc jusqu'aux tréfonds de son âme.

— Que fais-tu de bon, aujourd'hui?

Il me dévisage, aussi déboussolé par ma question que je l'aurais été à sa place. Je poursuis néanmoins mon avancée.

— As-tu le goût de faire une activité?

— Dans quel genre?

Bonne question. Il fait appel à mes talents d'improvisatrice.

— Il fait froid, mais c'est quand même ensoleillé. On pourrait aller au parc et jouer au ballon, histoire de bouger un peu. Tu sais, c'est peut-être notre dernière chance avant l'hiver.

Son visage s'illumine. Dans le cas de Charles, la moindre esquisse de sourire m'apparaît comme un cadeau du Très-Haut.

— As-tu un ballon? me demande-t-il avec une première phrase munie d'un complément d'objet direct.

Zut! Fière de ma grande réussite, j'ai omis de considérer les ressources matérielles nécessaires.

— Non, Charles, ma proposition était stupide, excuse-moi.

Il se lève sans même terminer son bol de porridge à la cannelle et aux clous de girofle où naviguent des morceaux de pomme, raisin sec et framboise. Il revient en tenant un curieux ballon brun. Je n'en ai jamais vu de semblable.

— C'est un ballon de rugby.

— Il faut courir et renverser les pauvres innocents sur notre passage?

Il rit poliment.

— Je vais t'enseigner.

J'ai toujours imaginé les rugbymen comme étant d'énormes brutes aux épaules aussi interminables que les plaines du Manitoba.

— Tu joues au rugby?

— Tous les mardis et les jeudis soir.

— Mais... tu es petit.

— Je suis ailier.

En voyant mon air ahuri, il s'empresse d'ajouter :

— Je file en évitant de me faire arrêter en chemin.

— Alors, c'est à toi que tout le monde rêve de faire mal?

L'image d'un Simon attendant Charles pour l'aplatir comme une galette me traverse l'esprit. Mon corps est saisi d'un spasme d'instinct maternel en parcourant des yeux la frêle charpente de mon coloc.

— Je te conseille de mieux t'habiller. Tu vas avoir plein de taches de gazon sur ton pantalon, c'est certain.

En cherchant ma tuque de laine, une pensée me traverse. Charles sort jouer au rugby deux fois par semaine sans que je l'aie soupçonné. Jamais un subtil boitement ou une égratignure au menton n'ont trahi son secret.

— Carmen, tu es prête?

Il m'appelle par mon prénom !

Je le rejoins dans le corridor. Il est déjà prêt avec un pantalon de sport et un manteau goretex.

— Le copain de ma meilleure amie, Aurélie, joue au rugby, lui aussi. Il s'appelle Marc. Tu sais, le grand gaillard costaud qui est déjà venu ici avec une brunette?

— Il n'est pas dans mon équipe, mais je sais de qui tu parles.

— Alors tu connais Aurélie?

— C'est un petit monde.

Il sort en évitant de me regarder. Comme il marche rapidement, j'ai un peu de mal à le suivre.

Mathilde

Aujourd'hui, Madélie n'a amené que deux de ses sœurs en promenade. Nous peinons à trouver un prétexte pour les éloigner et échanger quelques mots loin de leurs oreilles indiscrètes.

— J'ai entendu des choses à ton sujet, Mathilde. C'est vrai que tu as reçu la visite d'un prétendant cette semaine ?

— Si on veut, mais je soupçonne Jean de fréquenter notre maison pour explorer les mystères de notre cuisine plutôt que pour s'enivrer de mes parfums.

— Tu en es sûre ? Nelly prétend que des rumeurs courent et que vous serez peut-être fiancés à Noël.

J'ai souvent pris plaisir à formuler des hypothèses sur les mariages à venir dans le quartier. Toutefois, jamais je n'aurais pensé qu'elles puissent avoir aussi peu de fondement. Je ressens tout de même un plaisir coquet à être la cible de spéculations.

— Ma mère prend ses désirs pour des réalités…

— Non, ne me dis pas que tout ceci n'est que mensonge, moi qui me réjouissais pour toi ! Est-il plaisant, au moins ?

Madélie adopte un ton dramatique. Je suis partagée entre l'envie de lui dire la vérité et celle de lui éviter une grande déception.

— Si on aime les cheveux frisés et hirsutes, je suppose qu'on peut le dire très beau. Malheureusement, sa compagnie est aussi agréable que celle des moustiques à la campagne.

— C'est affreux !

— Mais non, ne t'en fais pas pour moi. Jean est un homme actif, il a des clients à Québec et à Ottawa. Les meilleurs maris sont les moins encombrants, dit-on, et je suis certaine qu'il ne restera pas longtemps aux côtés de son épouse. Je mènerai une existence solitaire que j'adoucirai, avec un peu de chance, en mettant au monde quelques enfants, ce qui me fournira un excellent prétexte pour acheter des sucres d'orge.

Madélie et moi avons fleuri notre enfance de doux récits où des déclarations enflammées nous étaient adressées à toutes heures. Ce genre de conte berce les femmes dans l'attente, mais il n'est pas donné à tout le monde d'inspirer l'amour.

J'ai promis à la Sainte Vierge d'accepter la première proposition qu'elle placerait sur mon chemin, mais je ne peux cacher qu'épouser Jean Dupossible serait pour moi une grande déconvenue. Je comprends que je devrai désormais réécrire mes histoires d'adolescentes en y saupoudrant un peu plus de résignation.

— J'ai une annonce à te faire, Mathilde. Moi, je vais me marier. Ce n'est pas une rumeur. C'est vrai.

Je sens un vent glacial glisser sur ma nuque. Léger frisson. De longs mois de célibat pour deux amies, puis tout se passe trop vite.

— La demande est arrivée sans même que je m'en doute, poursuit Madélie. Il semble qu'Allan ait négocié avec mon père dans le plus grand secret.

— Allan?

Ce nom ne me dit rien et, pourtant, la famille de Madélie fréquente les mêmes cercles que la mienne. Une seule conclusion est possible.

— Ne me dis pas que c'est un protestant?

Le silence de mon amie ne laisse planer aucun doute. J'éclate de rire devant sa mine honteuse.

— J'espère que mère du Précieux-Sang n'apprendra jamais que son étudiante la plus dévote, celle qu'elle voyait déjà prendre le voile, va mettre au monde des protestants!

— Arrête, c'était toi, sa préférée. Elle a toujours secrètement pensé que je n'étais bonne qu'à...

— Vendre ton âme à l'Église presbytérienne?

Madélie est soudainement prise d'une vilaine toux qui se transforme en un long éclat de rire. Je l'aide à reprendre son souffle et je pose ma main sur son épaule.

— Raconte-moi tout. Par quel miracle cet homme est-il arrivé dans ta vie ?

— Il s'appelle Allan Knight. Il s'agit d'une belle alliance, du moins mon père le croit.

— Est-il agréable ?

— Au début, je le trouvais un peu vieux. J'avais toujours imaginé épouser un homme de mon âge. Mais depuis qu'Allan vient me visiter le soir et que nous discutons, je me surprends à apprécier sa compagnie. À propos, tu le connais déjà !

— Impossible !

Malgré mon insistance, mon amie refuse d'en dire plus et m'avise que nous le croiserons pendant notre promenade. Quand nous voyons enfin celui qui fera de Madélie une femme du monde, je me souviens de cet homme un peu lourdaud qui était assis sur un banc de parc des semaines plus tôt. Il avait laissé traîner sa canne, ce qui avait valu au petit frère de Madélie une énorme ecchymose.

J'échange quelques bons mots en anglais avec le fameux Allan. Cette rencontre me permet pour une fois de mettre à profit des années passées à étudier une langue qui ne m'a jamais été véritablement utile.

En quelques jours, le destin de Marie-Adélaïde a été scellé par le plus pur des hasards. La beauté de mon amie, pourtant frappante lorsqu'elle se coiffe, se poudre et s'habille, n'a été qu'instrumentale dans l'affaire. Allan Knight est tombé sous le charme d'une promeneuse du dimanche luttant tant bien que mal avec des enfants indisciplinés pour qu'ils se tiennent tranquilles.

Malgré son âge avancé et son accent difficile, Allan ne me déplaît pas. Je remercie tout de même le ciel que ce ne soit pas à moi qu'il ait proposé le mariage. Je vais garder Jean Dupossible, qui n'est certainement pas plus aimable, mais qui a l'avantage d'être plus beau.

C'est ironique. Madélie, si belle, et moi, si terne à ses côtés…

Jean m'achètera de belles robes, nous marcherons ensemble au parc et je lui dirai : « Taisons-nous, mon chéri, que la ville entière puisse nous admirer et envier notre bonheur. Mais surtout, taisons-nous. »

Comme nous nous éloignons de son fiancé, je demande à Madélie :

— Au fait, il est veuf, ton futur mari ?

Elle opine du menton.

— Combien d'enfants ?

— Deux filles, sept et neuf ans. Allan m'en a dit beaucoup de bien.

— Seulement deux ? Mais tu vas t'ennuyer, ma pauvre ! Il va falloir que tu te dépêches à suivre les traces de ta mère pour remplir cette triste maison.

Carmen

À peine entré dans l'appartement, dégoulinant de sueur, les lèvres gercées par le froid, Charles enlève deux couches de vêtements en tourbillonnant.

— Préfères-tu ton chocolat chaud nature ou avec une feuille de menthe?

Les joues de Charles, d'un rose printanier, et ses déplacements gracieux dans la cuisine comme s'il était pourvu d'ailes, lui confèrent une apparence nouvelle. Pour la première fois depuis le début de ma cohabitation, j'ai l'impression de vivre aux côtés d'un chérubin bienveillant. Il ne manque que les petits nuages blancs pour parfaire la scène.

Tandis que mon coloc s'affaire au milieu des bruits d'assiettes, je vérifie les messages. Un seul. Arthur. Il téléphone trop.

Je le rappelle. Il répond à la deuxième sonnerie.

— J'écoute!

Son ton officiel me fait pouffer de rire. Prise malgré moi dans son jeu, je compose ma réponse:

— Vous avez appelé, monsieur?

— Je voulais vous dire…

— Vous vouliez me dire?

— Que je vous aime.

Je raccroche brusquement. Certaine qu'il me rappellera d'une minute à l'autre, je débranche tous les appareils de l'appartement. Ce remue-ménage alerte Charles.

— Je m'excuse pour le bruit, j'ai un fou à mes trousses.

— Oui, je suis au courant.

— Vraiment?

— Il te laisse des notes sur la porte. Je sais que je ne devrais pas les lire, mais elles sont en évidence…

Je mets un instant avant de comprendre. Je me remémore la première note immédiatement attribuée à

Simon parce que je venais de lui faire des vacheries. Est-ce qu'il persiste à se rendre chez moi en mon absence?

— Regarde sur la tablette avec ton courrier.

Je me dirige vers ce lieu honni où s'empile le contenu de ma boîte à lettres. Je remue les enveloppes en évitant d'y lire le nom de mes créanciers, saisissant au passage le morceau de feuille quadrillée barbouillé d'encre noire.

L'an de grâce 1654, lundi 23 novembre,
jour de saint Clément, pape et martyr

C'est un message bizarre. Une suite de mots n'ayant rien à voir avec moi. Pourtant, la phrase me dit vaguement quelque chose. Comme si je l'avais lue ailleurs. Il n'y a pas si longtemps. Oui, c'est ça. Déjà vue. Dans un livre. Un livre écrit en novembre, ça m'avait frappée.

J'ai un goût amer dans la gorge.

— Tout va bien?

Je lève doucement les yeux vers mon coloc. Au centre de la table, une assiette de petits-beurre, des tranches de banane et des morceaux de chocolat noir. Puis, sur chaque napperon, une tasse qui dégage un doux parfum de menthe.

Je suis tentée de déclarer à mon tour:

— Charles, je vous aime.

Mathilde

Nous prenons le thé, mais cette fois, nous ne sommes ni dans le salon ni dans la cuisine. Nous sommes agenouillées dans la chambre des plus jeunes sœurs de Madélie et buvons des substances imaginaires servies dans des théières miniatures. Nous chuchotons dès que les fillettes ont le dos tourné :

— Je ne peux pas croire que vous allez vous marier aussi rapidement. Les gens vont dire que vous y êtes obligés... par la nature !

— Personne ne croira ces rumeurs car, demande-le à n'importe qui, je suis l'essence même de la vertu.

Nous reprenons rapidement notre sérieux. Justine étire le cou, offensée que nous la tenions à l'écart de nos secrets. Puis la sœur de Madélie se remet à jouer les hôtesses en «préparant» quelques canapés.

Madélie n'était pas présente lorsque les négociations ont eu lieu entre son futur époux et son père, mais elle ne s'est pas opposée à ce que la cérémonie ait lieu une semaine après la publication des bans.

— Pourquoi Allan est-il si pressé de se marier ?

— Ses enfants ont besoin d'une mère.

— Moi, j'ai une autre explication. Je crois qu'il est tellement vieux qu'il craint de mourir avant de goûter à ces instants bénis.

Madélie sait que ma remarque n'est qu'une taquinerie. J'ai tout de même pris soin de jeter un œil aux alentours et de parler à voix basse pour éviter d'alarmer les futures belles-sœurs. Je ne voudrais surtout pas qu'une oreille indiscrète rapporte mes propos au fiancé et qu'il m'empêche de fréquenter ma meilleure amie.

— Il y a une deuxième raison et je devais t'en parler..., ajoute-t-elle gravement.

— Alors surtout, fais-le vite, tu m'inquiètes !

— Nous allons partir pour un certain temps à Toronto où Allan fait des affaires. Ne le dis pas à mes sœurs, la nouvelle va les chagriner terriblement. Nous reviendrons bientôt, Mathilde, ne t'en fais pas.

Depuis ma sortie du couvent, mes compagnes se sont mariées une à une, puis elles sont parties pour suivre leur mari. Elles me manquent toutes, mais aucun départ ne me peinera autant que celui de Madélie.

— Allan, je crois que je peux le nommer ainsi maintenant, est commissaire. Il fait le tour de toutes les villes du pays pour rassembler le matériel qui sera présenté à l'exposition internationale à Philadelphie, en mars. Je vais voyager! Il va m'emmener partout avec lui, tu te rends compte?

La nouvelle a l'effet d'un coup de poing dans mon ventre.

Les trois petites sœurs trottinent vers nous avec de jolis plateaux. Gertrude s'enfuit avec la théière, provoquant ainsi l'ire de ses sœurs qui s'élancent à sa poursuite.

Carmen

L'an de grâce 1654, lundi le 23 novembre...

J'aurais pu chercher longtemps à quoi cette phrase faisait référence, mais l'identification fut simple : je lis si peu de livres. Mon exemplaire de Blaise Pascal est toujours bien en vue dans mon salon. Il est dédié à saint Clément.

Cette fois, j'ai la sensation désagréable qu'on a violé mon intimité. Mes idées se bousculent. Est-ce que Simon est réellement l'auteur de cet acte d'intimidation ? Si tel est le cas, comment a-t-il su que je lisais ce livre ?

Le 23 novembre, c'est demain. Est-ce un avertissement, une menace ?

J'ai compris.

Simon est un maniaque. Un esprit dément dans une montagne de muscles, capable d'écraser ses proies au moindre mouvement d'orteil. Et je l'ai plaqué. Je l'ai même insulté. Toutes les excuses du monde n'y feront rien. Il veut ma peau.

Il faut me montrer prudente. J'aveugle les fenêtres de mon salon, tirant les stores et fermant les rideaux de même acabit pour parfaire l'obscurité de mon cloître.

Un problème subsiste.

Que vais-je faire de ma soirée ?

La télévision ? Médium idéal pour réduire les efforts cérébraux à néant. Retransmission d'un ballet russe, documentaire sur l'impact du mouvement des plaques tectoniques et film d'horreur.

Un livre ? Une petite recherche dans les piles de romans jamais terminés, placées stratégiquement un peu partout dans ma chambre, dans le salon et même près des toilettes, avec l'espoir de trouver la perle rare capable de retenir mon attention.

Étudier ? Mon sac à dos contient cinq ouvrages universitaires bourrés de textes à assimiler. Dans tous mes cours, j'ai accumulé un retard fou. Un peu d'effort et il soufflerait de nouveau un vent d'optimisme sur mes perspectives d'avenir.

La fuite dans le cyberespace? Transporter mes états d'âme sur Internet pour apprendre que tous les autres se portent mieux que moi?

Je dois trouver autre chose.

Le divan m'avale. Devant moi, une peinture de Degas, ou du moins sa reproduction laminée, présente d'horribles petites ballerines moqueuses, mains devant la bouche pour éviter d'éclater de rire. Les taches noires du tapis m'apparaissent comme des millions de fourmis occupées à faire quelque chose d'utile.

Je vais me trouver une diversion. Seule. Sans faire intervenir personne d'autre. Et je vais m'amuser en plus. Solo.

J'aperçois un livre de recettes reçu en cadeau à Noël, il y a deux ans, jamais ouvert sinon pour y lire les gentils encouragements de ma mère visant à cultiver mon goût pour les tâches ménagères. Placé à la sauvette entre le Nouveau Testament et une bande dessinée s'élève l'ouvrage salvateur: *Les délices de l'Arizona*. Je m'accroche à cette vision comme s'il s'agissait d'une apparition divine.

Une idée saine. Cuisiner pour impressionner Charles. Ce défi m'anime un peu. Mon cher coloc m'a offert tellement d'œuvres d'art comestibles que j'ai envie de lui rendre la pareille. Première étape: me précipiter vers le garde-manger afin de vérifier l'état des stocks. À peine de quoi confectionner un pouding chômeur.

N'ayant jamais mis les pieds en Arizona, je ne reconnais aucun des plats photographiés. Une recette retient néanmoins mon attention: la *Margarita Pie*. Appétissante, pas trop difficile à réaliser et, surtout, contenant une demi-tasse de tequila. J'ai l'ingrédient principal, il ne me reste qu'à me procurer les autres.

La main sur la poignée de porte, je m'interroge. Est-ce que je cours un risque en me rendant à l'épicerie? Il n'est que neuf heures. Pourtant, la vilaine sensation d'avoir un cinglé à mes trousses me paralyse. Un homme capable de coller des messages sur une porte est un homme capable d'attendre tranquillement, dans l'ombre, que sorte sa proie.

Il n'existe qu'une seule option.

Le dépanneur Vautour, situé au coin de la rue, offre un service de livraison, comme en témoigne l'enseigne dans la vitrine. Le propriétaire de ce commerce est le bonhomme Sept heures du quartier. Seul derrière son comptoir, nuit et jour. Je cherche le numéro sur Internet. Une voix aux intonations orientales m'invite à dicter ma commande.

Crème fraîche, une livre de beurre, cinq petites limes…

— De la lime ? répète-t-il.

— Oui, c'est comme un citron, mais c'est plus petit et c'est vert.

Quelques secondes de suspense. J'ai peur d'avoir froissé l'orgueil de mon interlocuteur au français pourtant irréprochable. Spontanément, j'ajoute :

— Et une petite caisse de bière.

— On livre juste le format de vingt-quatre. Minimum trente piastres pour qu'on se déplace.

Où vais-je trouver la place pour cacher deux douzaines de bouteilles ainsi que mon penchant pour les beuveries solitaires ?

— O.K., une grosse caisse.

— Quelle marque ?

— Celle en spécial.

La voix du propriétaire me semble soudain plus chaleureuse. Les dépanneurs n'ont-ils pas été créés pour pallier les besoins éthyliques pressants ?

Mathilde

Ma mère m'annonce que nous allons nous promener en ville sans m'expliquer ses véritables desseins. Curieusement, elle transporte un sac dont elle refuse de me révéler le contenu. Devant mon insistance, elle m'apprend que nous sommes en route pour l'étude où travaille mon père lorsqu'il n'est pas en voyage. Il s'agit d'un truc infaillible pour provoquer une rencontre avec monsieur Dupossible.

L'étude de droit a pignon sur rue. Une large vitrine permet de distinguer quelques silhouettes, mais il y a peu de lumière à l'intérieur. Nous entrons. Après avoir exposé le motif de notre visite, un objet oublié par mon père que nous devons à tout prix récupérer, nous sommes admises.

Je n'ai jamais visité cet endroit. Il s'agit d'une large pièce où s'enlignent six bureaux massifs et des piles effarantes de papiers. Derrière l'une d'entre elles se trouve Jean Dupossible, qui porte pour l'occasion une épaisse paire de lunettes.

En nous apercevant, il se lève et vient nous saluer. Il accorde bien peu d'attention aux explications de ma mère qui tente de justifier notre présence ici. Elle montre du doigt le sac qu'elle transporte :

— Nous sommes en chemin pour livrer des denrées à quelques pauvres dont nous nous occupons, ma fille et moi. Mais j'y pense ! J'ai quelques gâteaux dans mon sac, vous en prendrez bien un ?

Le coup des sucreries ? N'est-ce pas une manière enfantine d'acheter le cœur d'un homme ? J'essaie de détecter une marque de gratitude ou de plaisir sur le visage de l'avocat, mais celui-ci, quoique cordial, demeure impassible. À moins que Jean soit passé maître dans l'art de la dissimulation depuis notre dernière rencontre, il ne s'agit pas de l'attitude de l'amoureux en présence de sa belle.

Les convenances nous obligent à nous retirer sans délai. Dès que nous ressortons, je ne peux résister à la tentation d'interroger ma mère :

— Pourquoi nous inventer des activités philanthropiques ?

— C'est une stratégie pour qu'il nous croie bien plus fortunés que nous ne le sommes. Malgré toute l'affection qu'il pourrait développer pour toi, n'oublie pas que l'argent joue un rôle important dans les négociations.

Je redoute déjà le moment où monsieur Dupossible me demandera de lui commenter mes derniers voyages dans les quartiers les plus mal famés de la ville. Heureusement, je le crois peu enclin à s'intéresser à moi et encore moins aux miséreux dont je m'occupe.

Je déteste le mensonge plus que tout, même si, bien sûr, j'ai menti à mes parents pour les convaincre de me payer des leçons avec Liam. D'ailleurs, j'en ressens encore beaucoup de remords.

Carmen

Le livreur est sans doute le fils du propriétaire. Il lui ressemble tellement. L'homme debout derrière son comptoir en permanence a donc réussi, à un moment ou à un autre de sa vie, à fabriquer des enfants.

— Joyeux Noël! lance-t-il en s'éloignant.

J'ai envie de le héler pour lui dire que ça ne se fait pas, parler du temps des Fêtes au mois de novembre.

Alors que je referme la porte, une main se pose sur le cadre et l'extrémité d'une botte brune dépolie surgit de nulle part sur le parquet. Un cri de samouraï me fend la gorge. Je lance tout mon poids contre la porte.

— Carmen?

Je lâche prise. La porte claque contre le mur. Arthur vole pendant quelques secondes avant de trébucher sur la caisse de bière et de reprendre de justesse son équilibre.

— Arthur, c'est toi? J'ai cru que c'était quelqu'un d'autre... Je crois que quelqu'un m'en veut.

Il replace une mèche de cheveux sur son front.

— Je voulais juste te parler. Tu ne réponds pas au téléphone.

Ses yeux se posent sur la caisse de bière qui lui a presque été fatale. Il étudie cette énorme provision de malt et de houblon fermentés en se demandant probablement à quel rythme je prévois l'engloutir. D'un geste lent, il se caresse le menton.

— Tu bois de la Budweiser?

— C'est la moins chère cette semaine.

— Sais-tu que c'est une invention de la CIA pour torturer les prisonniers politiques?

Il se dirige vers la cuisine, là où il ne peut manquer d'apercevoir ma bouteille de tequila.

— Mais cela explique tout, tu prépares une soirée nord-américaine!

— Ce n'est pas pour boire, c'est pour la tarte.

Je cherche un bol et une tasse à mesurer, histoire de me montrer capable de réussir un plat aussi complexe.

— Une tarte à la tequila, concept intéressant... Je pourrais t'aider. Ça nous changerait de nos séances d'étude à la bibliothèque.

— Lors de notre dernière conversation, je t'ai raccroché au nez, tu t'en souviens ?

Il éclate de rire.

— Tu n'as pas aimé ma petite expérience ?

— J'ai pensé que tu étais vite en affaires.

Arthur a des mimiques de prof d'université parfaitement étudiées. Sa main qui soutient sa tête alourdie par le savoir. Le bout de son petit doigt qui gratte son front à la racine des cheveux.

— J'ai bien réfléchi au problème que tu m'as confié l'autre jour sur l'amour, les émotions.

— Tu as trouvé la solution au mystère ?

— Je t'aime.

Je recule de trois pas vers le bloc où sont plantés les couteaux de boucherie. Il se lève, joint les paumes et croise les doigts.

— Tu vois la réaction que ces mots produisent chez toi ? Ce n'est pas de l'indifférence, c'est de la peur. Tu es programmée pour refuser les rapprochements. C'est évident.

Il improvise ? Joue un rôle ? S'inspire du professeur Tournesol ?

— Si, demain, nous étions séparés par la guerre ou si notre amour était condamné par nos familles, tu te mettrais à genoux en jurant de m'aimer jusqu'à ta mort. Ton problème est symptomatique de notre époque. De l'éclatement. On peut fréquenter n'importe qui sans que rien s'y oppose. On n'est jamais certain d'avoir fait le bon choix. C'est comme aller au supermarché et passer des heures à s'interroger devant l'étalage de pain quand on meurt de faim. C'est logique et illogique à la fois. Conclusion ?

Son visage s'illumine.

— L'amour est un phénomène humain, socialement contrôlé. Notre communauté conseille de vivre intensément tous les «plaisirs de la jeunesse». Passer à côté de ce diktat est dur. Si deux Québécois de dix-sept ans se marient, très peu de gens se réjouissent, alors qu'ailleurs, c'est le contraire.

— Donc?

— Il y a bien plus dans notre société que l'adolescent et l'adulte. Il y a le préadulte, le presque adulte, le jeune adulte. La transition entre nos «âges» et nos différents rôles sociaux est floue. Quand se termine la «jeune» vingtaine? La relation de couple est le repère utilisé, faute de mieux. On perd le qualificatif «jeune» quand on choisit de s'installer. C'est, à mon avis, ce qui te terrorise.

Arthur s'empare d'un stylo sur le comptoir et le mordille nerveusement. Il se tourne vers moi, guettant ma réaction.

— C'est bien joli, ton cours, mais je ne saisis pas comment tu as réglé mon problème en me démontrant que je ne suis pas responsable de la situation.

— Si tu veux aimer, si c'est ton objectif, tu dois oser te tromper. Concentre-toi sur une personne précise. Aime-la plus que de raison sans penser aux conséquences. Aime-la jusqu'à ce que tu sentes cette chaleur que tu te plains de ne pas avoir. Peut-être que ça va marcher…

— Tu as pensé à ça tout seul?

— Non, j'ai eu l'aide de Kierkegaard.

— De quoi?

— Je me comprends.

Il repose le stylo comme s'il s'agissait du maillet d'un juge. Son geste est tranchant et décidé.

— Tu te proposes comme instrument de ma thérapie?

— Je ne te l'impose pas, mais je crois être, scientifiquement parlant, un bon choix. Il est plus facile de tenter l'expérience avec un adulte consentant.

Je réalise que je n'ai pas de rouleau à pâte. Pas pour lui en flanquer un coup, pour ma tarte. Je vais devoir trouver un substitut pour ma croûte. Je pourrais écraser quelques biscuits Oréo…

— Je veux bien te laisser une chance de m'aider à cuisiner. Mais à une seule condition. Tu ne goûteras pas au produit fini.

— On va réduire le fruit défendu à l'état de tarte ? Aucune importance. Je ne suis pas gourmand.

— Ça reste à prouver. Lave-toi les mains.

Mathilde

Ma mère et moi poursuivons notre chemin. Nous devons rencontrer l'une de ses amies, mademoiselle Flavie, pour un léger goûter. Pendant que les dames échangent les dernières nouvelles dignes de mention, on me confie la tâche d'aller jouer avec la nièce de mademoiselle. Il s'agit de Joséphine, une jeune fille de douze ans, originaire de la campagne et habitant en pension chez son oncle pour la durée de ses études.

Soulagée d'échapper aux mondanités, je découvre l'univers rose et beige de ma nouvelle amie. Sa chambre, ornée de jouets et de dentelles, ressemble à celle d'une enfant. Plusieurs pantins de bois pendent du plafond et forment une troupe entière de la *commedia dell'arte* et, dans un coin, trône une immense maison de poupée. Je remarque que celle-ci est une réplique miniature de la demeure de mademoiselle Flavie. Joséphine m'a déjà permis de la visiter en m'indiquant, avec candeur, les passages secrets et les cachettes.

Même si Joséphine est remarquablement grande pour son âge, ses cheveux sont noués en deux tresses pâles qui tombent jusqu'au bas de son dos. Elle a le visage poupin. Sa jupe est beaucoup trop courte pour être portée par une femme. Mais c'est son enthousiasme qui me déconcerte. Elle a encore la spontanéité de ceux qui vivent sans se soucier des convenances. Lorsqu'elle cherche à capter mon attention, elle empoigne ma main et m'attire dans son sillage sans même réfléchir à l'inconfort qu'une course sur le plancher trop ciré risque de m'occasionner, surtout si je tombe à la renverse.

— Tu sais, Mathilde, j'aimerais tellement que tu sois ma sœur.

Je me laisse entraîner dans l'ascension folle d'une tourelle du toit. Je dois grimper sur une petite échelle pour accéder aux balcons, l'endroit préféré de Joséphine. Je crains que la bourrasque ne fasse voler ma coiffure et mon allure respectable.

— Tu m'as fait monter ici pour me montrer quelque chose? Je ne vois que des arbres et des maisons…

Joséphine tire une montre en or de sa poche. Devant mon regard interrogateur, elle m'explique qu'il s'agit d'un cadeau d'une grande valeur de son grand-père paternel. Puis elle plonge dans un interminable silence, scrutant l'horizon. Alors que je tente de la mettre en garde contre les méfaits du froid sur le corps, elle s'écrie:

— Regarde, c'est lui!

Un jeune homme, qui doit avoir mon âge, s'avance sur le chemin d'un pas rapide. Il semble pressé et prend à peine le temps de saluer un passant en soulevant son chapeau noir. Il bifurque et pénètre dans la maison juste en face.

— C'est Maurice, le frère de ma meilleure amie. Il rend visite à sa mère tous les jours. À seize heures pile.

Elle décrit le spectacle qui s'offre à nos yeux, celui d'une maison des plus ordinaires, de sa cheminée fumante et de sa porte close, comme s'il s'agissait d'un émouvant récital ou même d'un tableau particulièrement réussi. Elle passe plusieurs minutes à contempler la scène, immobile, en oubliant presque ma présence.

— Habituellement, il met quarante-cinq minutes avant de ressortir, mais j'ai rarement le temps de l'attendre. Je dois me préparer pour le repas…

— Dis-moi que tu ne viendras pas ici en plein hiver! Tu pourrais te tuer s'il y a de la glace!

Elle me rassure, comme une mère dont les mots doux endorment la méfiance de sa progéniture.

— Non, bien sûr, je serai prudente, mais je ne sais pas si je vais tenir un hiver complet sans le voir tous les jours. Mon cœur se consume dans un amour qui ne cesse de grandir. Tu dois me jurer de n'en parler à personne!

Je me demande dans quel roman elle a puisé de telles phrases. Je ne sais si elle devine tous les obstacles qui s'élèvent devant une éventuelle union entre elle et cet homme. Les protestations, l'argent et le mauvais sort... Au fond, de telles pensées ne sont pas utiles. Pas encore...

— Tu sais, je l'ai déjà rencontré, moi, Maurice, dis-je sans même pouvoir me rappeler ce que nous avions bien pu nous dire.

— Il est merveilleux, n'est-ce pas?

J'ai hoché la tête pour lui faire plaisir.

— Vous serez très heureux, ma chère Joséphine. C'est certain.

Carmen

Charles entre dans la cuisine d'un pas indifférent. Son regard se pose sur Arthur. Heureusement, son visage ne laisse jamais rien paraître de ses pensées que je devine : « Tiens, Carmen a encore de la visite ce matin. » Toutefois, il dévisage un peu trop longuement mon invité. De la part d'un imperturbable, c'est louche.

— Est-ce que vous vous connaissez ?

Aucune réponse.

— Charles, je te présente Arthur.

Tout le monde semble attendre des présentations un peu plus détaillées. Ou bien est-ce mon imagination qui me joue des tours ? Mon coloc n'a jamais exigé que je lui rende des comptes sur quoi que ce soit. D'un autre côté, je ne veux pas offenser le principal intéressé en ne lui accordant aucun titre. Je suis obligée d'expliquer :

— C'est mon *chum*.

J'ai des sueurs froides à l'idée d'avoir prononcé ces mots. Heureusement, mon coloc est un public tiède. Je reporte mon attention sur Arthur, sollicitant l'approbation du prof. Il rayonne.

Le moment est mignon.

Charles grommelle une salutation. Je ne sais pas pourquoi, mais j'ai envie de lui préciser qu'Arthur a dormi ici sans que nous ayons couché ensemble. Pourtant, la présence d'un tiers dans l'appartement ne m'a jamais gênée auparavant et mon coloc ne connaît pas mon vœu de chasteté. Je n'ai donc aucun compte à lui rendre...

— Nous t'avons cuisiné une tarte. Elle est dans le frigo.

Arriverai-je ainsi à le persuader que j'invite chez moi des garçons dans l'unique but de faire de la popote ?

— Tu m'offres toujours de la nourriture, alors j'ai décidé de te faire un cadeau.

Je m'élance pour ouvrir la porte du réfrigérateur, fière de mon travail. Le cuisinier se penche pour contempler le chef-d'œuvre surmonté d'une meringue. Je ne peux rien lire dans son expression, ni admiration ni dégoût.

— Tu vas en manger ?

— Cet après-midi.

— Tu m'en donneras des nouvelles.

Arthur cherche à décoder un message philosophique sur un pot de beurre d'arachide : « Skippy, l'arachide à son meilleur ». Moi seule peux animer l'auditoire.

— Voulez-vous écouter de la musique ?

C'est excitant de pouvoir faire ma Colombine à la table du déjeuner.

— Tu pourrais mettre de l'opéra ! s'exclame Arthur.

Je rigole, croyant à une blague.

— Bien sûr, je possède des centaines de disques d'opéra. Lequel en particulier ?

— Le plus grand et le plus beau. *Carmen*.

Charles esquisse un sourire. Présenter Arthur comme mon *chum* était sans doute une erreur.

Mathilde

Liam dépose sur la table une feuille de papier et guette ma réaction. J'attends un signe de sa part pour assouvir ma curiosité.

— J'aimerais vous entendre chanter. Si votre mère n'y voit pas d'inconvénient, bien entendu.

Je n'arrive pas à en croire mes yeux. Il s'agit d'une partition.

— Est-ce celle à laquelle je pense?

— C'est possible. Il s'agit d'un extrait de l'opéra *Carmen* écrit par un compositeur français, Georges Bizet.

— Je ne me souvenais même plus de vous avoir soumis cette requête! Merci!

Il sourit. Je me rends compte à quel point je me suis confiée sur des sujets très personnels. Beaucoup d'autres que mon précepteur m'auraient reproché mon impétuosité pour un bout de papier. Liam a-t-il lu dans les journaux tous les détails au sujet de l'esclandre dont j'ai été témoin au *Charity Ball*?

— J'aimerais la jouer et même la chanter pour vous, mais ma mère désapprouvera sans doute que je gaspille son argent en utilisant mal votre temps.

— Alors, comme je vous dois quelques leçons de philosophie, nous allons lire ensemble les paroles de cette chanson. Ensuite, je vous demanderai ce qu'en aurait pensé Aristote, Plutarque ou Thomas d'Aquin.

— Mais c'est vous, le professeur!

— Vous devez pourtant réfléchir, si vous désirez profiter de nos leçons. À votre avis, que devons-nous comprendre du passage: «Tout autour de toi, vite, vite / Il vient, s'en va, puis il revient / Tu crois le tenir, il t'évite / Tu crois l'éviter, il te tient»?

La première fois que j'ai entendu cette pièce, j'étais obnubilée par la mélodie, mais je n'avais pas tellement prêté attention aux paroles.

— J'en comprends que je vais devoir soigneusement cacher ces feuilles à ma mère, car si elle les trouve, les foudres de l'Olympe s'abattront sur votre tête, monsieur O'Connor.

Carmen

J'aurais pu télécharger de la musique sur Internet, mais je préfère entourer mon geste de solennité. Je me rends au magasin de disques. Bravement. Section classique. Inconnue et isolée de toutes les autres. Il faut franchir une porte vitrée pour y pénétrer. Mon imposture est flagrante. Il règne dans ces lieux un étrange silence, entrecoupé de cascades de violoncelle.

Un vendeur s'approche avec l'assurance d'un magistrat.

— Vous désirez ?

— Acheter un disque.

— Comme tous mes clients.

— De l'opéra. *Carmen.*

Il ne bouge pas, se contentant de me fixer.

— Vous avez l'opéra *Carmen* ici ? ai-je répété.

— Bien sûr, mademoiselle, des rayons entiers. J'attends de savoir quelle interprétation vous intéresse !

— Euh…

— Vous avez le nom d'une cantatrice ou d'un orchestre symphonique en tête ?

— Est-ce qu'il existe une version française ?

Le vendeur s'étouffe.

— Ça ne me dérange pas. Je vais prendre ce qu'il y a de moins cher.

Il revient avec un disque et le place dans un poste d'écoute pour me permettre de juger de la qualité de l'œuvre. Il reste debout, à trois centimètres de mon nez. Intimidée, je mets le casque d'écoute. À deux secondes du début de l'ouverture, je déclare en feignant la conviction absolue :

— C'est exactement ce qu'il me faut.

— Le Staatsoper de Vienne. J'avais deviné.

Après avoir quitté le cerbère de la section classique, je mets quelques minutes à chercher la caisse enregistreuse.

Un commis s'approche. Simon.

— Vous cherchez quelque chose en particulier ?

Il se tient raide dans son uniforme d'employé. Exit le sourire bienveillant. Exit le ton doux.

Simon n'est plus gentil.

Impossible de décoder l'expression de son visage. Si je n'avais pas reçu des messages de lui, je serais incapable d'affirmer qu'il m'a reconnue. J'hésite à entamer une discussion. N'empêche, j'aimerais lui demander pourquoi il est venu chez moi, à deux reprises, proférer par écrit des menaces trop vagues et lui faire avouer son rêve de m'envoyer au pilori. Tout ça parce que j'ai été méchante avec lui, une fois, une seule fois, un matin, après le sexe.

Je pourrais faire une scène, devant ses collègues de travail, son gérant. L'accuser de violation de domicile. J'en aurais le droit. Mais c'est moi qui aurais l'air ridicule. Simon, aux yeux du monde, est innocent. Il n'est que l'honnête vendeur de disques. Son unique objectif est simple : diriger la cliente à bon port.

— Je cherche la caisse enregistreuse. Pour payer…

Son regard se pose sur le disque. Celui que j'ai toujours l'intention d'acheter. Que je ne devrais pas avoir honte d'acheter. Il ne semble pas surpris d'y trouver une peinture avec une femme espagnole vêtue d'une robe rouge sang.

— Au fond, à droite.

Il indique d'un geste l'endroit où je dois me diriger.

— Prends soin de toi, Carmen.

Le ton est cassant. La tentative d'intimidation, manifeste. Il aurait pu aussi bien dire : « Prends garde à toi. » Le duel entre nous ne fait que commencer.

Lundi, 23 novembre, jour de la Saint-Clément. C'est aujourd'hui.

Mathilde

Il est si agréable de plonger ses mains au cœur d'une citrouille pour en extraire les graines. Mes doigts se réjouissent au contact de cette substance poisseuse. J'ai l'impression de caresser les cheveux de Méduse. J'ai toujours détesté le goût des tartes à la citrouille. Enfant, je me sauvais lorsque l'odeur de leur cuisson se propageait dans la maison. Puis Armande m'a enseigné comment ajouter les épices qui me rendent ce dessert supportable et j'aime respirer les parfums qui s'en dégagent lorsqu'il cuit.

— Tout à l'heure, vous roucouliez, mademoiselle Mathilde. Vous en êtes-vous seulement rendu compte?

Je ne sais que répondre à ces insinuations.

— Vous avez de la chance que madame Éléonore ne soit pas aussi futée que moi pour constater ces choses, mais faites bien attention. Elle est capable de vous faire boire un élixir pour vous faire passer l'envie de vous amouracher d'un homme sans fortune.

Nous nous esclaffons devant cette idée qui n'est pourtant pas si loin de la réalité. La cloche du salon retentit pour nous rappeler à l'ordre. Armande s'apprête à monter pour répondre.

— Non, j'y vais, c'est sûrement moi que ma mère appelle. C'est bientôt l'heure de la messe!

Maman n'est toujours pas prête. Elle a besoin de moi pour boutonner le dos de sa robe. Je l'aide à choisir un bijou convenable, un camée, qu'elle accroche à son col.

— Je te trouve trop familière avec le personnel de maison, Mathilde. Je sais que tu aimes leur compagnie, mais n'oublie pas que c'est un jeu dangereux. Les domestiques ne sont pas nos amis. Ils ne sont là que pour notre argent et ne sont aimables que pour être bien traités. La maîtresse doit apprendre à se faire respecter. Bientôt, ce sera à ton tour!

— J'aime faire la cuisine, cela me divertit…

— Armande est une excellente personne, la meilleure que je connaisse. Cela dit, il faut que tu te prépares dès maintenant à ton arrivée dans une nouvelle maison. Tu ne pourras pas aller t'amuser librement avec les domestiques de ton mari et tu le sais très bien.

Je m'imagine mal vivre ailleurs qu'ici. Tant et aussi longtemps que le contrat de mariage ne sera pas signé, je ne pourrai concevoir qu'un jour, je jouerai à la *domina* sous un autre toit.

Carmen

Sur la première tablette du réfrigérateur, j'aperçois ma tarte déjà entamée. Charles a laissé un message juste à côté : «Excellent!» Je me sers une pointe en réfléchissant.

Nous venons de réussir. La communication est efficace. Cette tarte est le médium. L'échange est subtil. Purement gastronomique. Charles ne parle qu'un langage, celui des saveurs et des épices. Je commence tout juste à en comprendre la grammaire.

Je ris de mon idée farfelue, alors qu'un chœur d'hommes entonne un air martial. Ils chantent la beauté de Carmen. À ce moment même, mon coloc surgit du corridor.

Il est en sous-vêtement.

J'enfourne une énorme bouchée de tarte. La brûlure sur ma langue est immédiate et je recrache tout dans l'assiette. J'interpelle mon coloc. Je m'étais pourtant promis de ne jamais lui adresser la parole lorsqu'il se pavane ainsi.

— Tu as écrit que c'était bon. Qu'est-ce qui te prend? C'est dégueulasse!

Charles n'est pas impressionné. Je crois que si j'étais aussi modestement vêtue et qu'on m'engueulait, je rougirais au moins un peu.

— C'est une question de dosage, il y a beaucoup trop de tequila.

— Pourquoi «excellent»? Tu voulais m'épargner?

Il hausse les épaules.

— T'encourager. Ta croûte est réussie. Tu as fait une utilisation créative des biscuits.

Je ne suis pas insensible au compliment.

Il y a tout de même une chose qui cloche : j'ai suivi la recette de la garniture à la lettre. Je répète mentalement chaque geste pour trouver mon erreur. La tasse à mesurer. La tequila. J'ai trouvé. Ce n'est pas moi qui ai mesuré l'alcool, c'est Arthur.

Je reporte mon attention sur Charles. Profitant de son humeur bavarde, je décide de l'amener sur un autre terrain.

— Tu as rencontré mon nouveau *chum*. Qu'est-ce que tu penses de lui ?

— Vous formez un drôle de couple.

Sa réponse sonne davantage comme une question.

— Qu'est-ce qui te fait dire ça ?

— Le changement de musique dans l'appart.

J'avais presque oublié *Carmen*.

Depuis que mon coloc a rencontré Arthur, j'ai un étrange pressentiment. Je repasse la scène en boucle. Charles a eu un réflexe de surprise en l'apercevant. Une réaction très inhabituelle pour lui.

— Vous vous êtes déjà rencontrés ailleurs qu'ici ? Dans un autre contexte ?

— Peut-être. Je ne sais plus très bien.

Il fait trois pas, puis ajoute.

— C'est un bel opéra.

Mathilde

La rumeur a circulé très vite, si vite que de nombreux voisins ont longtemps refusé d'y croire.

Le mariage de Madélie sera célébré d'un moment à l'autre devant une assemblée modeste. Plusieurs ont sans doute déserté mon amie pour la punir d'être passée dans l'autre camp. D'autres sont venus sur les lieux pour essayer de soutirer des faveurs à un homme visiblement riche venu choisir son épouse dans notre quartier. À vrai dire, je ne connais pas grand monde dans la petite église.

Comme pour ajouter une note de défi à son union, Madélie a choisi d'ignorer les tendances de la mode qui obligent dorénavant les promises à se marier en blanc. En tant que dame d'honneur, je l'ai aidée à enfiler sa robe de taffetas bleu et à relever ses cheveux en un chignon sévère. Jamais mon amie ne sera plus belle qu'aujourd'hui, ce jour qu'elle a mis vingt ans à espérer. Malgré tout, elle me semble avoir pris de l'âge.

Alors que nous nous préparons à faire notre entrée, je voudrais lui demander quel effet cela lui fait d'être enfin quelqu'un... Si ses nouvelles responsabilités lui font peur... Diriger une maisonnée, prendre soin des enfants d'une autre, gérer les caprices de ses domestiques. Autant de fonctions qui la séparent maintenant de moi.

Je ne lui pose qu'une seule question :

— Est-ce que ton cœur s'emballe ?

— Je crois que oui.

Nous pénétrons enfin dans l'église, accueillies par les rires des enfants et les soupirs d'émerveillement de quelques parents rassemblés. Je suis presque triste de constater la nudité de la cérémonie. Ni orgue ni récital pour égayer l'atmosphère. Il n'y a que les chants d'une des sœurs de Madélie, une voix faible avec des trémolos. Un cantique lent, presque mortuaire. Je ne suis pas seule à m'attrister de son départ.

Quarante minutes plus tard, la métamorphose est complète. Lady Marie-Adélaïde Knight monte dans une voiture blanche. J'ai du mal à croire qu'une messe aussi importante dans la vie d'une femme puisse se dérouler aussi vite. Les chevaux piaffent, apeurés par les acclamations de la foule. Madélie sourit en saluant ses frères et ses sœurs d'un signe de la main.

Elle m'oublie, mais je ne lui en veux pas.

Carmen

Un bistro à proximité du pavillon universitaire. Une bonne vingtaine d'étudiants nerveux, cernés, courbaturés, exténués, carburant à la caféine.

Un collègue m'a expliqué aujourd'hui le travail de session du cours de marketing : une proposition de quinze pages. Il ne me reste qu'une semaine. Le retard est insurmontable.

J'ai rendez-vous avec Arthur. En m'apercevant, il referme son ouvrage.

— Tu viens de perdre ta page.

— Je relisais mon passage préféré. Page vingt-trois. *Crainte et Tremblement* de Kierkegaard. Un philosophe danois, réactionnaire contre le rationalisme d'Hegel. Oui, je sais, tu ne veux pas de détails. Café ?

— Comme d'habitude.

Il disparaît, laissant son sac bien en vue sur sa chaise, comme s'il invitait voleurs et truands à s'initier aux principes du bon vieux Kierkegaard.

J'observe les étudiants qui m'entourent, espérant siphonner leur motivation.

À trois tables, un visage connu.

Simon.

Sa tête repose au creux de ses mains à quelques centimètres d'un livre énorme. Il y a six autres volumes empilés autour de lui. Je ne peux déchiffrer qu'un seul des titres : *Principles of General Medicine.*

Un docteur ?

Arthur interrompt le fil de mes pensées en trébuchant, renversant presque les deux cafés sur moi.

— Désolé, je vais essuyer la table.

Je tourne une seconde fois mon regard vers mon ancien amant, feignant de m'intéresser à une peinture. Un paysage automnal. Simon se lève et fait du rangement. Son sac doit peser une tonne.

— Charles a-t-il apprécié la tarte ? J'espère que vous m'en avez laissé un morceau, poursuit Arthur.

— Mouais…

Simon se dirige vers nous. Je me concentre sur l'examen de la table : le contenant de crème, le sachet de sucre, le bâtonnet de plastique. J'espère que je n'aurai pas à lui adresser la parole de nouveau.

Il est là, je le sens.

— Tout va bien depuis notre dernière rencontre ?

— Super, et toi ?

— Comme ci, comme ça. La fin de session approche. Bon, il faut que j'y aille. Au revoir, Carmen.

Arthur boit son fond de café en silence. Dans un effort pour ranimer la conversation, je demande :

— Alors, de quoi on parlait ? De philosophie danoise, c'est ça ?

— Tu ne m'as pas présenté à ton ami ?

— Quoi ?

— Ce gars semblait sympathique. J'aurais aimé le connaître.

— Mon coloc sait que tu es mon *chum*. Aurélie aussi. N'abuse pas.

Arthur fait la moue.

— Les motels allument l'enseigne « non vacant » lorsqu'ils n'ont plus de chambres disponibles.

Je pourrais lui faire remarquer qu'on n'a pas encore couché ensemble. Le couple est une entité charnelle. Deux animaux, un mâle et une femelle. Des mécanismes pour stimuler leurs fonctions reproductives. C'est l'essence, la nature profonde des relations entre les hommes et les femmes. Le reste n'est qu'ornemental, il ne faut pas se leurrer. Je ne fais aucun reproche à Arthur. J'ai fait vœu de chasteté. Mais il n'a jamais rien proposé non plus.

— Et puis toi et tes enfantillages ! Combien de tequila as-tu mis dans ma tarte ? La bouteille est presque vide.

— C'était écrit deux tasses dans la recette, tu peux vérifier.

— Une demi-tasse, Arthur ! Un, barre oblique, deux. C'est une fraction.

— Je suis parfois distrait.

Il ne retrouve pas sa bonne humeur.

— Tu veux que je coure après Simon pour te le présenter ?

— C'est ton ex ?

— Ça dépend de ce que tu entends par là.

Jouer au jeu des définitions est inutile. Il me bat haut la main en rhétorique.

— Attends une minute, Arthur. Comment as-tu compris que Simon était mon ex à partir de trois phrases ?

— J'ai beaucoup d'intuition.

Toujours la même phrase bidon, son bouclier contre les questions inutiles.

— Je ne sais pas ce qu'Aurélie t'a raconté à mon sujet, mais je suis loin d'être une croqueuse d'hommes.

Il sourit, enfin.

— Toi, la grande Carmen, tu n'es pas un loup-garou qui prend plaisir à dépecer ses victimes par les soirs de pleine lune ?

— Non.

— Je te l'accorde. Dans ton cas, le jeu est plus propre, plus innocent. Je te comparerais plutôt à Miss Pac-Man.

— C'est quoi, ça ?

— Tu n'as jamais joué quand t'étais jeune ?

— T'as quel âge, au juste ?

— Ce que je veux dire, c'est que tu as un faible pour la séduction.

— C'est l'opinion que tu as de moi ?

Je tiens à rétablir ma réputation.

— Tu te trompes à mon sujet.

— Tu es du genre monogame ?

— Parfaitement.

— Prouve-le.

Je relève le menton.

— Si c'est un défi, alors… j'accepte.

Mathilde

Dans le confessionnal, je reste sans voix.

Les mauvaises pensées m'assaillent depuis des jours. Je suis triste d'avoir perdu ma seule véritable amie d'enfance, mais il y a bien plus. La jalousie m'habite, impossible de le nier. Je suis malade à la pensée que ce soit elle qui parte pour une longue série de voyages partout dans le pays, et même dans le monde, alors que je le désirais tant.

Le prêtre attend, je sais que mon silence laisse supposer des péchés plus graves que les miens ne le sont réellement. À bout de patience, le confesseur sans visage et sans nom insiste :

— Alors, mon enfant, que se passe-t-il ?

Je n'ai pas l'habitude d'avoir la gorge serrée au point de craindre d'éclater en sanglots dans ce lieu qui s'y prête mal. Une file de fidèles attend son tour dehors et espère percevoir des bruits suggestifs permettant de lancer les rumeurs les plus cruelles. Je dois à tout prix me contenir.

— Je crois comprendre, mon enfant, que c'est un chagrin d'amour qui vous tourmente ?

— Non, pas du tout ! Je ne suis pas ce…

— Vous en êtes bien certaine ?

Cette question me laisse songeuse. Et si c'était ce genre de perturbation qui me rendait si émotive ces jours-ci ? Je suis incapable de nier.

— Bien des tentations guettent les jeunes filles de votre âge. Ne vous laissez surtout pas prendre à ce piège qui ne vous attirera que des ennuis. Priez aussi fort que vous le pouvez pour éloigner les mauvaises pensées et vous éviter bien des souffrances. Jésus-Christ sera votre sauveur.

Il ne me laisse pas le loisir de me défendre.

— Vous réciterez cinq chapelets et reviendrez me voir la semaine prochaine pour que nous en reparlions. Allez en paix, ma fille. Que Dieu vous garde.

En sortant du confessionnal, je croise le regard de quelques paroissiennes mourant d'envie d'évaluer le degré de honte dans mes yeux. Je reste fière. Ce qui m'arrive est parfaitement normal, ne puis-je m'empêcher de penser.

Carmen

J'ai réussi l'impossible : obtenir un rendez-vous avec ma meilleure amie. Aurélie est devenue une femme accomplie.

Nous nous sommes connues dans les résidences du cégep. Jeans bleus, sac à l'épaule et cheveux dépeignés. Deux jumelles. Puis, elle a rencontré son Marc. Lentement, j'ai commencé à la perdre. Tout a déboulé. Elle a terminé son cours d'infographiste. Elle a acheté une voiture, un ensemble de chambre en pin, un lave-vaisselle et un petit chien. Je suis incapable de m'imaginer assise sur la même chaise.

À vingt et un ans, sa vie est toute tracée et ce sera une ligne droite.

Quand je l'ai jointe au téléphone, Aurélie m'a donné un rendez-vous tout en me prévenant :

— J'aurai à peine une heure à te consacrer.

C'est dans la cafétéria sans atmosphère d'un immeuble de bureaux qu'elle m'a proposé de la retrouver. Je la reconnais de loin : petite, brune, énergique. Elle porte un veston cintré, une jupe grise et des souliers à talons hauts. Elle s'installe en tirant à la hâte le contenu de son sac en papier brun. Malgré son horaire chargé, elle a pris le temps de couper symétriquement chaque petit bâton de carotte.

— Salut, Carmen ! Désolée et re-désolée qu'on se voie ici. Je te promets que, bientôt, j'aurai plus de liberté. Au fait, je trouve que tu as l'air plus en forme que la dernière fois.

— J'applique mes crèmes antirides deux fois par jour, ça ravive mon teint.

Même mes sarcasmes ne l'atteignent plus.

— Alors, comment ça va, l'université ? Il y a des jours où je t'envie de poursuivre tes études. Dès qu'on entre dans le monde du travail, c'est la galère.

— Je risque d'être encore à l'école quand naîtront tes petits-enfants.

Elle me scrute avec inquiétude. Ses ongles sont peints rouge sang. Je refuse de croire qu'elle est allée jusqu'à se payer une manucure. Elle regarde le lunch que j'ai apporté : une barre de chocolat et une boisson gazeuse que j'ai achetées au vol dans une machine distributrice.

— Tu n'as pas peur de prendre du poids ?

— J'ai beau faire n'importe quoi, je n'en gagne jamais.

— Toutes les femmes te détestent.

Ouais. Je préfère changer de sujet.

— Il y a un con qui couvre ma porte de messages stupides. Je ne sais pas ce qu'il veut. Il y en a eu deux jusqu'à présent. Des sortes d'énigmes, mais je n'y comprends rien. C'est probablement Simon, je ne sais pas si tu te souviens de lui. Je lui ai signifié mon manque d'intérêt et tout a commencé. Des trucs collés sur ma porte.

Je lui tends les messages. Elle pouffe de rire.

— Voyons, Carmen. C'est la chose la plus ridicule que j'aie lue jusqu'à maintenant. Qu'est-ce que tu lui as fait pour qu'il se donne tant de mal ?

— Rien du tout, je le jure !

— Je te connais trop pour te croire. Tu as dû lui briser le cœur, pauvre petit chou.

Je ne lui parle pas de Blaise Pascal.

— J'ai un triste passé, tu n'as pas besoin de me le rappeler, mais ce n'est pas une raison pour me terroriser avec des notes menaçantes.

— Ça ne me semble pas si pire que cela. Laisse le temps faire les choses. Tu vois toujours Arthur ?

— On peut dire.

— Ah ah, je le savais, je le savais. Il y a de l'espoir pour tout le monde !

— C'est pas lui mon souci, même s'il n'est pas nécessairement le plus rassurant des hommes.

— Il va se calmer, ton Simon. Il n'est pas habitué aux ruptures amoureuses. Qu'est-ce que tu veux qu'il te fasse ?

— Tu ne comprends pas ! Je l'ai vu, l'autre jour, dans un café, il est venu me parler !

— Terrifiant, en effet.

— Et puis, chaque message fait référence directement à un même objet qui se trouve dans mon appartement.

Aurélie a les yeux pétillants. Je choisis de ne pas insister. Je sens qu'elle veut m'apprendre quelque chose.

— J'ai une grande nouvelle à t'annoncer. Marc et moi, on va acheter une maison !

Coup d'épée fatal en pleine poitrine. Je fais un effort chevaleresque pour garder le sourire et ne pas laisser transparaître l'ampleur de ma déception.

— Ça fait longtemps que vous en parlez ?

— On économise depuis plus d'un an. On a placé vingt pour cent de son salaire et du mien dans un compte spécial. On a un prêt hypothécaire !

— Vous avez déjà trouvé la maison ?

— On gardait l'œil ouvert pour les meilleures offres. Mon beau-père s'y connaît en rénos. On a un truc pas cher qu'il va refaire à notre goût.

— Ah bon, tout semble bien réfléchi. Compte sur moi pour t'aider à déménager.

— Merci... Marc a des amis professionnels.

En l'observant replier soigneusement son sac à lunch et tapoter son veston pour en chasser les miettes de pain, je me rends compte qu'elle est déjà ailleurs. En banlieue.

Mathilde

— Quelque chose me semble très curieux, mademoiselle.

Je lève les yeux pour rencontrer ceux de Liam.

— Vous portez des boucles roses dans votre chevelure. Voilà qui n'est pas dans votre habitude.

Je rougis, espérant que Liam soit en train de me complimenter et non de se moquer de moi. Armande s'est déjà chargée de me faire des remarques quant au soin inhabituel porté à ma toilette. J'ai évité de croiser ma mère toute la matinée, car il est certain qu'elle aurait formulé un commentaire.

— Il faut garder son âme d'enfant, monsieur, et je crois que la coiffure est le lieu idéal pour annoncer ses couleurs.

— Alors, dites-moi, que peut-on faire, mademoiselle Mathilde, pour vivre en gardant son sérieux lorsqu'on est roux ? Nous provoquons immanquablement des éclats de rire sur notre passage.

— Je vous croyais blond.

— Et pourtant, on me dit roux. Du moins à Montréal. En Irlande, les gens prennent plus de précautions avant de lancer ce genre d'insultes.

Je ris en regrettant immédiatement de l'avoir fait. Je plaque une main contre ma bouche.

— Riez si vous en avez envie, mademoiselle Mathilde. Je préconise les méthodes d'enseignement modernes de monsieur Lancaster qui permettent de s'amuser un peu pendant les cours, mais je vous en conjure, n'en dites rien. Je perdrais bien des clients si jamais cela s'ébruitait. Monsieur Lancaster n'est pas catholique.

Il s'ébouriffe les cheveux en continuant :

— Toutefois, selon ma méthode, il vous est interdit de vous moquer de votre professeur. Maintenant que vous savez mon secret, continuez de propager la rumeur voulant que je sois blond, d'accord ?

Carmen

Me bâtir un avenir. Tout l'après-midi, la soirée et la nuit. Étudier. Sans pause. Cinq minutes pour aller aux toilettes, pas plus qu'une fois à l'heure. Persévérance, sobriété, vertu.

En passant devant le Vautour, j'aperçois la silhouette du propriétaire. Cet homme travaille sans relâche pour son commerce. Mon seul et unique modèle. J'entre faire une provision de caféine.

En m'approchant de la caisse, j'observe son visage. Ses yeux sont hagards, ses traits, fatigués. J'aurai cet aspect demain matin. L'homme garde les bras croisés sur sa poitrine, l'attention tournée vers un téléroman asiatique. Trop épuisé pour apercevoir ses clients. Je l'envie davantage.

Je trouve Charles dans la cuisine. Il est silencieux, immobile, désespéré. Je prends une chaise, m'installe face à lui, incapable de le toucher.

— Ça va ? Qu'est-ce qui se passe ?

Il soulève la tête. Son expression est toujours la même, une façade d'indifférence, mais ses yeux sont humides.

— J'ai des ennuis, mais ça ira.

Sans savoir quoi ajouter, je me dirige vers ma chambre.

J'organise ma table de travail. Livres empilés à ma gauche, feuilles de papier devant moi, trois crayons de couleurs différentes : rouge, bleu et noir. Marqueur jaune. Dictionnaire. Ordinateur portable.

Impossible de bosser sans un café.

J'entrouvre ma porte. Charles parle au téléphone.

— Non, c'est pas si terrible, j'ai de l'argent en réserve. Tu imagines ? Me faire ça à moi ? Comme si je faisais mal mon boulot... Ça l'arrange bien de me blâmer !

Une première : Charles en colère. Il connaît la révolte. Sa voix, habituellement effacée, résonne dans l'appartement.

— Si tu sais où je peux me trouver un job, passe-moi un coup de fil. Peut-être que ça va me décider à ouvrir mon propre restaurant… Je ne suis plus capable de me faire suer pour des cons.

Inspiration. Frénésie. Fièvre.

En relisant le syllabus de mon cours, je vérifie les règles du fameux travail à remettre : proposition d'un concept original de commerce indépendant et analyse de sa rentabilité. J'ai trouvé un cadeau pour Charles.

Mathilde

À la toute fin de la leçon, Liam s'apprête à partir. J'ai pourtant l'impression qu'il lutte contre le désir de rester et de bavarder plus longuement. Peut-être est-ce une simple fantaisie de mon esprit ?

— Vous n'étiez pas au mariage de mon amie, Marie-Adélaïde ?

— Je crains qu'elle n'ait oublié de m'inviter, Ô moi, humble serviteur. Mais j'assisterai volontiers au vôtre, mademoiselle Mathilde, si j'ai l'honneur de recevoir un faire-part.

J'aimerais avouer à Liam que je préférerais mille fois épouser quelqu'un comme lui, pauvre mais charmant, qu'un être froid et plat comme monsieur Dupossible. Il me serait si agréable de vivre aux côtés de mon précepteur, même couverte de haillons, dormant avec les puces et les rats. Mais il est des choses qu'on ne dit pas.

— Croyez-vous qu'il faille être amoureux pour se marier, monsieur O'Connor ?

Ma mère fait irruption dans la pièce. Je regrette d'avoir parlé d'amour, car mes questions indiscrètes risquent de nuire à la réputation de mon maître.

— Monsieur, vous devez partir tout de suite. Laissez-nous.

— Mais je…

Liam traîne sur le pas de la porte, comme s'il hésitait à quitter la pièce sans s'expliquer davantage. Ma mère est furieuse : elle a le teint livide. Tout est ma faute. Je n'aurais jamais dû aborder de tels sujets en sachant qu'elle pouvait nous surprendre à tout moment.

Elle s'affale sur une chaise. Je comprends bientôt qu'elle n'est pas en colère. Sa respiration est haletante. D'un geste, elle m'ordonne de me taire.

— Mathilde, mon enfant, ton père est mort.

Carmen

Cinq heures trente du matin. Trois heures de sommeil.

Je cours vers le miroir le plus proche. Victoire! Mon visage est dans un état lamentable! J'ai l'air de craquer d'épuisement et mes cernes sont bien visibles pour témoigner de mon effort. Incapable d'y croire, j'empoigne une pile de pages barbouillées d'encre. Dire que j'imaginais déjà des excuses pour obtenir un report de la date de remise... Or, j'ai réussi à pondre un brouillon respectable.

Il est tôt, mais qu'à cela ne tienne, l'inspiration me tenaille, je dois continuer à travailler sur mon projet, du moins jusqu'au lever du soleil...

Charles s'affaire dans la cuisine. Phénomène inusité. Ce n'est pas un matinal. Je décide de le rejoindre. Mieux vaut être insomniaque en couple.

En me voyant apparaître, il échappe un plat sur le sol. Son visage, ordinairement pâle, est carrément livide et ses côtes plus saillantes que jamais. Il reste planté en sous-vêtement au milieu de la pièce, ayant aligné une série de chaudrons vides sur le comptoir.

— Qu'est-ce que tu fais?

— Non, je... Je t'ai réveillée?

— Ne t'en fais pas, j'ai passé la nuit à travailler.

Un bâillement calculé appuie ma déclaration. J'ouvre une bouteille de cola tiède pour dérouiller ma gorge.

— C'est une drôle d'heure pour jouer du chaudron. Si tu as faim, je peux te réchauffer un succulent plat surgelé.

— J'ai pas faim.

— Alors, qu'est-ce que tu fabriques?

— C'est une façon de réfléchir... Je... J'ai depuis longtemps l'idée d'ouvrir mon propre restaurant.

Je feins la stupéfaction.

— Il y a plusieurs années que je ramasse mes sous, mais je n'ai pas le sens des affaires.

Cette fois, je n'ai pas besoin de simuler. Ma surprise est bien réelle.

— Mais t'as quel âge?

— J'ai vingt-neuf ans, Carmen.

Il dit cela sur un ton las, comme s'il avait deviné la nature de mes interrogations. Cette annonce cogne.

— Tu trouves que j'ai l'air jeune?

— Je t'aurais donné le même âge que moi, vingt et un.

Son rire grave me fait soupirer. Il me connaît aussi peu que je le connais.

Mathilde

Ma mère, informée par un notaire ami de mon père, me résume les faits.

Alors qu'il a passé sa vie à vagabonder partout à la recherche de nouvelles affaires rentables, mon père a quitté le monde à dix rues de chez lui, un mardi matin. Il était descendu à l'hôtel, près de la gare, sans nous prévenir. Selon le notaire, même les docteurs n'ont pu identifier la nature exacte de la maladie qui l'a emporté en deux jours, une fièvre virulente qui s'est déclarée sans crier gare.

Pour ma mère, avoir été tenue à l'écart par mon père est la pire des humiliations. Moribond, maître Frédéric Marquis a demandé de recevoir les derniers sacrements en exigeant spécifiquement que les membres de sa famille ne soient prévenus qu'après son trépas.

J'accompagne ma mère jusqu'au grand salon où est toujours installé le notaire. Nous prenons place toutes les deux devant lui. Il termine de remettre de l'ordre dans la pile de papiers qu'il était en train de consulter et enlève lentement ses lunettes.

— Frédéric aurait été incapable de vous regarder dans les yeux, ni l'une ni l'autre, en sachant ce qui vous attendait.

En entendant ces mots qu'elle redoutait, ma mère se lève brusquement. Je fais mine de m'élancer à sa suite. D'un geste, elle m'ordonne de rester assise. C'est moi qui aurai le loisir de clore la conversation avec le notaire.

Il me révèle tout : les dettes, le gouffre d'où mon père craignait de ne jamais sortir. La honte. À chacun de ses échecs, il a reculé davantage. Depuis quelques mois, il avait bon espoir de tout arranger en comptant sur son travail acharné et un peu de chance.

— J'espère, mademoiselle Mathilde, que vous serez capable de contracter un mariage enviable, que vous prendrez soin de votre mère et, surtout, que vous prierez de toutes vos forces pour votre père. Croyez-en ma parole : c'était un homme bon qui a connu un terrible revers de fortune.

— M'a-t-il au moins laissé quelque chose qui puisse me servir de dot ?

Le notaire secoue la tête, désolé d'être celui qui enterre à la fois la mémoire de mon père et tous mes espoirs de me trouver une situation.

— Il vous reste la maison et tout ce qu'elle contient, mais votre père en a légué l'usufruit à votre mère. Vous ne pouvez pas la vendre de son vivant.

En somme, tout ce que mon père me lègue aujourd'hui, c'est un goût pour la fuite que je dois dominer.

Carmen

Quand Arthur entre dans l'appartement, Charles, occupé à lire, se réfugie dans sa chambre.

— Ne lui en veux pas. Il a besoin d'être seul.

Je lui raconte les malheurs de mon colocataire et ma nuit de calvaire. Quinze pages. Je répète une deuxième fois pour m'assurer de sa compréhension. Quinze pages.

— Alors, Arthur, qu'est-ce que tu en penses ?

— C'est impressionnant. Je ne croyais pas possible de s'enthousiasmer pour un projet de marketing. Je vois que je me suis trompé. Tu es passionnée par ce que tu fais. Ça te va bien !

Je me plaignais de ne plus croire en rien. Que mes ardeurs retrouvées soient placées au service de l'école, c'est tout de même une surprise.

— Tu penses à moi avec autant de passion ?

— Je préfère le marketing.

J'ai dit cela pour rire, mais la remarque l'a véritablement piqué.

— Te rends-tu compte des efforts que tu déploies pour que notre relation reste superficielle ?

— Je ne suis pas prête à t'aimer comme tu le voudrais, ce qui ne veut pas dire que ça ne se produira jamais.

— Tu prends le risque ou tu ne le prends pas. C'est simple.

Un long silence nous sépare.

— Tu lis de la philo, tu écoutes de l'opéra, tu visites des musées. Moi, je suis ordinaire.

— C'est ça le problème ? Tu me prends pour un élitiste ?

Je fais signe que oui de la tête.

— C'est une question d'orgueil. Je me sens moche à côté de toi. T'es intelligent, studieux, tu ne lâches jamais de jurons… C'est impossible de sortir avec une personne comme toi, Arthur !

Il se caresse le menton d'un air pensif.

— Tu m'as donné pleins pouvoirs pour choisir notre
activité du jour. Alors, nous allons rencontrer quelqu'un qui
est bien placé pour témoigner de mon amour des choses
simples. Viens !

Mathilde

Organiser de belles obsèques, capables d'éblouir la société, a permis à ma mère d'éclipser la noirceur des jours à venir. Elle a choisi la musique, les prières et a même engagé quelques pleureuses pour que mon père quitte ce monde en toute dignité.

Aujourd'hui, elle est magnifique dans sa tenue de deuil, présidant le cortège funèbre en gardant la tête haute, le visage éploré. On l'admire en silence, respectant son courage devant l'adversité. Être digne, même dans la ruine, quelle noblesse d'âme.

L'orgue donne un aspect tragique à l'ultime cérémonie de papa. Dans la foule, des gens que je ne connais pas laissent couler quelques larmes. Des femmes qui l'ont peut-être déjà aimé. Des oncles ou des cousins qui, bientôt, viendront s'excuser de ne pas pouvoir nous offrir un secours financier, mais qui nous inviteront pour les vacances.

Dans l'église, je sais que bien des regards sont tournés vers moi et cherchent à lire le désespoir dans mes yeux. Aucune larme n'y monte, parce que je suis pétrifiée et vide. Je tremble comme doivent trembler toutes les orphelines.

J'examine la foule, espérant y trouver des visages familiers. Jean Dupossible est assis au troisième rang. Il me salue à peine. Je l'ignore complètement. Ni la misère ni la pauvreté ne me convaincront de devenir sa femme. Je préférerais mourir à mon tour d'une fièvre pestilentielle plutôt que de passer un moment de plus en sa compagnie.

À tous ceux qui me témoignent maladroitement leur soutien en me disant : «Dieu reprend et Dieu redonne. Dans tout malheur, il y a du bon», j'ai envie de répondre : «Oui, c'est extraordinaire, car je ne me fiancerai pas.»

Il est si terrible de ne penser qu'à soi en de pareilles circonstances.

Carmen

Arthur ne semble pas se réjouir de sa propre idée. Durant le long trajet d'autobus nous menant aux confins de la ville, plusieurs hypothèses me viennent en tête. Je finis par croire qu'il m'emmène au *Palace du bingo*.

— Si je devine où on va, tu me donnes combien?

Il ne sourit pas.

— Tu ne devineras pas.

— Alors, où?

— Chez ma mère.

Je suis aussi stupéfaite qu'horrifiée.

— Mais voyons, Arthur, on se connaît à peine, je ne vais pas rencontrer ta famille!

— Pour me comprendre, tu dois la rencontrer. C'est un passage obligé.

Nous descendons devant un HLM. L'immeuble est laid, ultime vengeance d'un architecte suicidaire contre la société. Une femme ouvre la porte de l'appartement et l'odeur caractéristique d'une litière à chats souillée me prend aux narines. Avec son maquillage aux couleurs criardes et son habillement vulgaire, elle est tout l'opposé d'Arthur. Ses seins, remontés et aplatis comme deux tartelettes par un soutien-gorge trop serré sous une camisole moulante, sont pratiquement visibles jusqu'au mamelon.

Elle empoigne son fils comme un chaton et enfonce ses ongles dans la chair du cou d'Arthur.

— Mon garçon! Mon garçon!

Arthur tente de se dégager. L'allégresse des retrouvailles semble exagérée. En la voyant perdre pied et tomber dans les bras de son fils, je comprends que notre hôtesse a consommé trop d'alcool.

— Je suis venu te présenter Carmen.

En bonne maman, elle m'inspecte sous toutes mes coutures.

— C'est qui?

— Mon amie.

— Ouais.

Elle baisse ses paupières et garde les yeux mi-clos. Arthur embrasse la pièce du regard. Sérieux désordre. Des éclats de céramique jonchent le sol. Il me prend la main pour me guider vers le sofa et jette par terre tout ce qui s'y trouve pour me permettre de m'asseoir. Miettes, cannettes vides, journaux froissés, mégots et deux vieux matous. Arthur ne prend pas place à mes côtés. Il ramasse tous les objets susceptibles de blesser et les met dans une boîte de céréales vide. De quelques coups de pied, il dégage un chemin entre la cuisine et la salle de bain. Sa mère, elle, reste debout. Inexplicablement.

— Maman, tu m'avais promis de faire le ménage. Tu ne peux pas vivre dans un appartement qui sent mauvais.

— Heille toi, recommence pas, hoquette-t-elle, menaçante.

Arthur se tourne vers moi en m'adressant un sourire chaleureux pour dissiper mon malaise. Il vient me rejoindre sur le sofa et serre ma main dans la sienne.

— Tu n'as pas envie de parler avec Carmen?

— T'es venu pour inspecter mes bécosses? J't'ai dit d'pas venir pour ça.

— Maman, je voulais que tu voies mon amie.

Ses yeux s'ouvrent. Son regard ressemble à celui d'Arthur. Elle s'affale sur la causeuse fleurie. Les motifs de faux velours ne réussissent pas à masquer les nombreuses taches brunes, peut-être des brûlures de cigarettes.

— Maman, tu vas faire un peu de ménage, sinon je vais le faire pour toi.

Elle puise suffisamment d'énergie dans le brouillard de son ivresse pour crier

— T'es venu pour m'écœurer. Va-t'en, câlisse!

Son corps se redresse, puis elle pointe son doigt vers moi.

— Toé aussi!

Arthur poursuit d'un ton égal :

— Je vais revenir faire ton ménage. Demain, je vais revenir, maman. Si c'est pas propre, je vais faire ton ménage.

— Va-t'en, va-t'en, va-t'en ! Câlisse-moé patience !

Ses cris s'intensifient. Arthur, détendu, se lève et, par la main, m'entraîne vers la sortie. Il garde une expression presque joyeuse malgré les insultes fusant derrière nous. Dans le corridor, il tente de me rassurer.

— Ne t'en fais pas, elle a de bonnes périodes.

— Je ne sais pas quoi dire…

Il hausse les épaules et referme la porte derrière lui.

— Il fut un temps où je me sentais responsable. Je me faisais un sang d'encre à chaque crise. Mais, avec les années, j'ai appris que je ne pouvais pas me gâcher l'existence pour quelqu'un qui refuse mon aide. Je vis ma vie, elle vit la sienne.

Arthur baisse les yeux. Je lui serre toujours la main. Mes jointures en sont blanches. Devant son air amusé, je lâche prise, par réflexe. Puis, je me ravise et me love contre lui.

— C'est une bonne mère à sa manière. Je voulais juste te prouver que je ne suis pas issu d'un milieu aussi élitiste que tu le crois. J'aurais pu tomber dans la drogue ou la délinquance. Par miracle, je suis tombé dans la philo. Et depuis, impossible de m'en tirer. C'était et c'est toujours ma seule façon de mettre un peu d'ordre dans le monde, de faire le ménage…

Mathilde

Trois jours passent sans que le carillon sonne une seule fois. Le calme après la tempête. Trois jours où l'attente revêt son manteau le plus sombre. La fumée s'échappe toujours des cheminées. Les rues s'emplissent le matin et se vident le soir venu. Le monde continue à tourner sans que nous soyons invitées à y prendre part.

Nous nous installons au petit salon, après le déjeuner, immobiles, à espérer que l'horloge ait pitié de nous et s'emporte. Mon piano demeure silencieux. Je ne connais aucune mélodie digne d'accompagner ce deuil.

Armande se joint à nous. Pourquoi s'échinerait-elle à polir l'argenterie qui sera bientôt vendue au plus offrant ou à frotter une maison qui n'est déjà plus la nôtre ? Nous ne payerons jamais son salaire. Elle est incapable de nous quitter parce qu'elle sait à quel point nous avons besoin qu'une bonne âme veille sur nous.

Après le thé de seize heures, n'en pouvant plus de compter les gouttes de pluie à la fenêtre, ma mère se lève de son siège.

— Armande, serez-vous assez aimable pour porter une invitation à Jean ? Il attend sans doute d'être prié pour nous rendre visite.

J'échappe un cri.

— Non, je vous en supplie ! Cette demande restera sans réponse. Vous allez nous humilier inutilement.

Elle ignore mes protestations, en alignant sur le secrétaire les plumes, les encriers, et, plus douloureux encore, ces bristols dont nous n'aurons plus jamais besoin.

— Réfléchissez un peu, maman. Pourquoi épouserait-il une femme si ce n'est pour son argent ou pour sa beauté, deux choses dont je suis dépourvue ? Pour l'amour ? Si Jean avait été épris de moi, il serait venu le jour même des funérailles pour m'offrir son soutien, déposer un peu de baume sur mes blessures. Vous pensez qu'il va se manifester, aujourd'hui, alors que vous et moi ne sommes plus rien ?

— Mais Mathilde, il s'agit de notre seul espoir !

Elle n'a pas élevé le ton. Elle a simplement pris ma main, comme pour me demander pardon d'avoir failli à sa tâche de me trouver un mari alors qu'il était encore temps.

— Il est si difficile de se tenir tranquilles sans deviner ses intentions… Laisse-moi juste lui écrire.

Ma mère parle comme une femme en proie à un violent chagrin. Je ne sais plus si perdre mes illusions de fiançailles prochaines me soulage ou m'attriste, mais Jean n'est plus mon horizon.

Carmen

Je termine mon travail à l'aube. Concept de restaurant original, parfait pour mettre en valeur le talent véritable de mon cher coloc. Son grand plaisir est de lire des magazines, de concevoir des menus, de créer de nouveaux plats. En partant de l'hypothèse que Charles communique à travers la nourriture, j'ai développé l'idée de la *cuisine émotive*. Chaque jour, les clients pourront choisir parmi un assortiment de cinq tables d'hôte cuisinées en fonction de leur état d'âme : cuisine légère pour « relaxer », agressive et innovatrice pour « faire sortir le méchant », crémeuse et sucrée pour « remonter le moral », santé pour « se déculpabiliser » et classique pour « la bonne humeur à toute épreuve ».

Je joins à mon travail une recherche sur les vertus thérapeutiques de certains aliments contre les troubles de l'humeur. Le menu du restaurant comportera une section résumant les dernières trouvailles du monde de la médecine et de la nutrition.

Peut-être que l'introverti pourra enfin communiquer à sa manière ? Je fais imprimer le travail en deux copies, une pour mon professeur et l'autre pour mon coloc.

Je la laisse traîner sur la table.

Je m'empresse de téléphoner à ma mère avant même qu'elle ne se donne la peine de le faire. Je suis si matinale que je la surprends en train de déjeuner. En cette période de grands exploits, mon horloge interne est bouleversée.

— C'est formidable, Carmen. Je sais quand tu me mens et, cette fois-ci, tu ne mens pas.

— Je te le jure. Je me lève tôt pour me rendre à la bibliothèque avec Arthur presque tous les jours.

— Arthur ?

— Oui, je t'ai déjà parlé de lui.

Elle pousse un petit « hum » non significatif. Je l'entends boire une gorgée de café.

— Que fais-tu de bon ces jours-ci ?

— J'ai rencontré la mère d'Arthur, hier.

— Tu as été polie, au moins ?

Froissements de journal sur la ligne.

— Es-tu en train de faire tes mots croisés pendant qu'on discute ?

— Mais non, Carmen. Je t'écoute.

— Je disais donc, cette femme était saoule et risquait de s'écrouler au moindre coup de vent. Je devais retenir ma respiration.

— Mais son fils...

— Arthur est correct, il a bien tourné. Ça m'a poussée à réfléchir. Ce n'est pas juste qu'une mauvaise mère ait un fils studieux alors qu'une bonne mère hérite d'un cas désespéré de paresse mentale et physique. Alors, je t'en fais serment, je vais étudier avec acharnement.

Elle s'esclaffe.

— Tu diras à ton Arthur que s'il veut passer nous voir à la campagne, il est le bienvenu.

De nouveau, elle sirote son café.

— Tout va bien côté monétaire, tu n'as pas besoin d'argent ?

— Non, non, je viens de recevoir votre dernier chèque.

Je crains qu'elle ne me pose des questions sur la nature de mes dépenses quotidiennes. Je fais donc diversion.

— Je suis en train de monter un projet de commerce indépendant. J'analyse toutes les problématiques de mise en marché, de promotion, de financement, de tout, quoi. Ce qui fait qu'un restaurant survit alors qu'un autre fait faillite...

— Tu aurais dû choisir quelque chose plus près de tes champs d'intérêt, Carmen. Tu es incapable de te cuisiner un *grilled cheese*.

— Tu ne te rends pas compte, maman. Je change.

J'attends qu'elle me questionne. Elle prend plutôt une autre gorgée de café et raconte les anecdotes de la semaine ayant troublé la vie paisible de son village.

Mathilde

La porte du parloir grince et, pendant un instant, j'ai du mal à reconnaître mère Sainte-Croix. Sa silhouette s'est affaissée, son visage, amaigri. Elle, qui se tenait si droite il y a quelques années à peine, est maintenant usée par la vie.

Elle est heureuse de me revoir.

— Entrez, chère enfant. Je ne sais pas pourquoi, mais j'avais l'intuition que je vous reverrais un jour. Mère Immaculée Conception va bientôt vous rencontrer. Je vais vous conduire à son bureau, même si vous connaissez déjà les lieux.

Dieu avait-il compris, bien avant moi, que j'appartenais au couvent Sacré-Cœur? En chemin, la vieille religieuse s'amuse à mes dépens. Elle fait, bien sûr, allusion au fait que j'ai dû me rendre à quelques reprises dans ce même bureau pour y subir des remontrances, alors que j'étais pensionnaire ici.

Aujourd'hui, après mûre réflexion, je viens présenter ma candidature au noviciat. J'ai naturellement choisi le seul endroit que je connais, celui où j'ai passé une partie de mon enfance. La mère supérieure a probablement reçu des avis mitigés sur mes aptitudes et ma vocation. L'obéissance, malheureusement, m'a toujours fait grand défaut. Je devrai convaincre chacune de mes anciennes maîtresses que j'ai changé, qu'à vingt et un ans je n'ai plus l'heur de me plaindre de la nourriture trop fade. Il me faudra promettre de ne plus chuchoter pendant l'office et de ne plus rechigner à faire mon lit.

Je me suis levée ce matin en me sentant si vieille. Pourtant, remettre les pieds ici me donne de l'entrain.

Mon problème est que je dois trouver le moyen d'être admise au couvent sans dot. Je ne peux offrir rien de plus à la communauté que mon âme, ma fidélité et, bien entendu, mon excellente éducation. Je serai peut-être, un jour, une institutrice. Faute d'avoir mes propres enfants, je soignerai ceux des autres avec amour et abnégation.

Je me sens déjà chez moi. Je connais chaque odeur de pain et de savon. La musique des planchers qui craquent sous le martèlement régulier des talons. Les capes de laine des écolières alignées sur des crochets aux murs. La lumière qui inonde chaque matin la statue de la Vierge, seule vigile de ces corridors quand les classes sont en cours. Je trouverais une grande consolation à habiter ce lieu pour le reste de ma vie en goûtant à jamais la beauté de mon enfance.

Mes yeux se posent sur une image de la Vierge. Son visage traduit la douleur d'une mère délaissée. On croirait qu'elle me toise avec reproche. Je l'entends presque me dire : « Crois-tu, Mathilde, que ce soit la volonté divine qui te pousse à abandonner et à condamner à la misère celle qui t'a mise au monde ? »

L'image de ma mère et de ses mains soyeuses tricotant des bas de laine pour quelques sous m'insupporte. Les portes de tous les couvents me sont fermées à jamais. Il n'y a que moi qui puisse gagner un salaire suffisant pour adoucir les jours de maman.

Je ne fuirai pas comme mon père. Je ne serai pas religieuse. Je dois travailler.

Je dépose sur un guéridon une image d'Épinal que mère Sainte-Croix m'a remise en me souhaitant bonne chance à la fin de mon pensionnat. Je pars sans la prévenir. Elle saurait trop bien me persuader que ma destinée est de servir Dieu. Heureusement, je connais toutes les cachettes et toutes les sorties entre ces murs. Je quitte le couvent en sachant bien que je n'y remettrai jamais les pieds.

Carmen

Trois coups sur ma porte. Je suis prête.

Je n'ai ni interphone ni judas pour vérifier l'identité du visiteur. Si ce n'est pas Arthur, je m'apprête à vivre la plus grande humiliation de ma vie. Peu importe. Tout est réfléchi. Je dois ouvrir d'un seul coup.

C'est lui. Je tremble mais je respire mieux.

— Bonjour…

Il écarquille les yeux. J'ai réussi.

— Carmen ? Tu es…

— Toute nue, oui.

La pause est longue. Le corridor est mal chauffé. Il fait froid.

— Tu pourrais entrer ? J'ai des voisins.

Dans les films pornos, les protagonistes ne s'étonnent jamais lorsqu'une demoiselle a l'audace de répondre à la porte dans son plus simple appareil. Arthur, lui, est sans voix.

Je l'invite à passer au salon. Il choisit le fauteuil.

— Jouons cartes sur table. Je ne me suis pas mise à poil pour te proposer de partouze.

Il croise les bras sur sa poitrine et attend la suite.

— Tu m'as mise au défi de te montrer ma vraie nature. J'ai décidé de t'offrir… ma vulnérabilité.

Je m'allonge sur le sofa telle une nymphe faisant la sieste au soleil. À vrai dire, je me sens ridicule. Charles m'a juré qu'il sortait prendre une bière avec des amis et qu'il rentrerait très tard. Pourvu qu'il ne change pas ses plans.

— Tu peux en faire ce que tu veux. Je suis à toi. Sans armure.

— C'est un cadeau… magnifique. Je ne sais pas quoi dire.

Le voilà sans réplique. Une première. Ses yeux ondulent. Ils suivent les courbes de mon corps et s'attardent sur mon sexe.

J'ai chaud.

Il ne dit rien. J'ignore à quoi il pense. Son regard braqué sur moi est insoutenable. J'aimerais couvrir mes seins, mais ce serait capituler.

Le silence m'excite.

Vite. Un mot, un geste, pour me délivrer.

— Alors ? Tu acceptes ?

— Que faire de la vulnérabilité de quelqu'un ? souffle-t-il.

Il s'approche. Lentement. S'assoit sur le rebord du sofa. La chaleur gagne du terrain. J'ignore ce que c'est. Du plaisir ou de la peur ? Sa main frôle mon visage.

— Tu sais, moi aussi, je me sens vulnérable avec toi. Tu as quelque chose de si désirable et j'ignore ce que c'est. Ton physique est parfait, mais il y a plus, tellement plus… Je me demande toujours si tu es consciente de l'effet que tu me fais.

Il semble avoir l'intention de poursuivre son discours. Je m'approche, lui offrant ma poitrine. Il se tait.

Je pose mes lèvres dans son cou. Mon nez cherche refuge dans sa chevelure. Odeur de fruits, de sucre. Je remonte vers sa joue. La courbe de sa mâchoire. Son menton. Ses respirations, courtes, saccadées. Mon nez contre son nez. Enfin. Nos bouches se sont trouvées.

Je ne sais combien de temps nous restons là, sur le divan, à nous embrasser. Je suis nue, je devrais frissonner. Les arômes de noix de coco et d'huile d'argan de nos shampoings respectifs s'entremêlent. Les tropiques.

Il prend ma main. M'entraîne. Sans un mot. Vers ma chambre. Vers le lit.

Les résolutions prises ne tiennent plus. Les idéaux de chasteté. Envolés. Je le désire. Je dois m'abandonner à lui. Le laisser faire ce qu'il veut.

Ma main glisse vers son sexe. Je crains l'idée de le sentir en moi. D'être transportée sous l'effet d'une drogue. De mourir de chaleur. Mais je dois trouver.

Il esquive. Se redresse. Quitte la pièce.

— Tu as besoin de quelque chose, Arthur?

Je me demande s'il cherche des préservatifs dans la salle de bain. Je les garde plutôt dans ma table de chevet. Au bout de quelques minutes de suspense, il revient, un crayon en main.

— Qu'est-ce que tu vas faire avec ça?

— Ferme les yeux.

J'obéis et je sens bientôt une pointe de crayon dans mon cou. Comment pourrais-je rester passive?

— Qu'est-ce que tu fais?

Je me soulève, en m'appuyant sur les coudes. Il pose un doigt sur mes lèvres.

— Ferme les yeux, Carmen.

Son ton est rassurant. Une berceuse. La pointe du stylo pénètre ma chair encore plus fermement.

Je m'abandonne.

Mathilde

Chaque fois que je verse la farine dans l'eau pour faire la pâte, la fusion entre les deux matières m'émerveille. J'aimerais, moi aussi, connaître la recette pour obtenir ce que je veux, pour réconcilier mes désirs et les convenances.

J'ai décidé que, faute de joie dans la maison, je vais emplir celle-ci d'arômes. Au moins, en apparence, les lieux retrouveront leur vitalité d'antan. Plus personne n'a cuisiné depuis le décès de mon père et c'est justement ce qui, à mes yeux, alourdit les heures. Je me lance donc dans la confection de tartes et de pâtés. J'en offrirai à tout le voisinage.

Le carillon de la porte sonne. Je n'entends pas Armande se précipiter pour répondre. Le tintement se fait plus insistant. Je suis pauvre. Je n'ai plus à me soucier d'être aperçue dans cet état, cheveux enfarinés et en bataille.

J'enlève mon tablier à la hâte.

Liam s'étonne que ce soit moi et non la domestique qui l'accueille. Je prends le temps de secouer ma jupe où traîne encore un peu de sucre, légèrement humiliée qu'il me surprenne à travailler.

— Bonjour, mademoiselle Mathilde. Lorsque j'ai appris ce qui était arrivé à votre père, j'ai voulu savoir comment vous alliez.

La douleur m'insupporte. Tous les jours, je me lève en sentant qu'une partie de moi m'a été arrachée. Mais en après-midi, c'est plutôt la colère qui prédomine. J'ai envie d'ouvrir les volets et de crier comme une folle en fustigeant le premier passant pour lui cracher que la vie est injuste.

— Tout va pour le mieux dans les circonstances. Je vous remercie de vous être déplacé.

Je voudrais le faire entrer pour que nous passions quelques heures à discuter. Il me semble que lui seul pourrait trouver les mots pour adoucir ma peine.

— J'aimerais vous offrir de boire ou de manger, mais je suis seule à la maison aujourd'hui, ce ne serait pas convenable.

— Bien sûr.

Je me rends compte que mes pieds se dérobent sous moi et que je chancelle. Un moment de faiblesse.

— Vous souffrez, mademoiselle Mathilde ?

Je m'accroche à la table du hall d'entrée pour éviter de défaillir. Sans plus attendre, Liam se précipite pour m'offrir son bras, pour me guider jusqu'à la chaise la plus proche.

— Je ne sais pas ce qui m'arrive…

Mes idées sont confuses. J'ignore si j'ai orchestré cette mise en scène ou si j'ai réellement eu peur de perdre connaissance. Mon pouls s'est accéléré et mes jambes sont devenues lourdes.

— Vous voulez les sels d'ammoniaque ? Ou peut-être un verre d'eau ?

— Non, je…

Il m'assure qu'il est tout naturel qu'une femme dans ma situation soit fragile. Mon courage l'impressionne. Il dit qu'il est venu aux funérailles et qu'il a remarqué ma pâleur inquiétante.

— J'ai beaucoup prié pour vous.

Je me surprends à espérer qu'il soit venu pour me déclarer qu'il sera toujours à mes côtés. Qu'apprenant mon deuil, son cœur n'avait fait qu'un bond et qu'il avait couru pour me retrouver. Qu'un ardent désir l'habite : obtenir ma main et tout faire pour remplacer ce père disparu en devenant pour moi un compagnon de tous les instants. Jusqu'à ce que mort s'ensuive…

La vie des femmes est parsemée de ces moments d'attente et d'impuissance. Il ne nous est pas permis de demander, de réclamer, de supplier.

Si je n'étais pas si faible, je crois que j'oserais dire ce qui devrait être dit :

Liam, nous sommes faits l'un pour l'autre. Ici, demain, au paradis.

— Vous vous sentez mieux ?

— Vous avez raison, je devrais boire. Ma bouche est très sèche.

— Attendez-moi, je vais vous chercher de l'eau.

Dès qu'il quitte la pièce, le noir emplit mes yeux.

Carmen

Lorsque j'ouvre les yeux, Arthur est déjà parti.

Flash de la veille. Il m'a caressée avec tellement de douceur. Sur mon cou, sur la pointe de mes seins, sur mon sexe. Il a baisé le bout de mes orteils. Nous nous sommes endormis, nus, enlacés, baignés de chaleur. Il n'a rien cherché de plus.

Le réveil est loin d'être sensuel. Mon corps est couvert de graffitis. Il a oublié peu de recoins. Je vais devoir passer un temps fou sous la douche.

Je sors en robe de chambre. En apercevant Charles dans la cuisine, j'ai le réflexe de fuir. Il y a de l'encre sur mes mains et dans mon décolleté. Impossible à cacher.

— T'aimes les œufs bénédictines ?

Je prends place à table, en ramenant mon vêtement vers mon cou. Je subis l'examen visuel de mon coloc. Il s'intéresse particulièrement à une citation sur mon avant-bras : « Pour survivre j'ai dû te forger comme une arme et tu es la flèche à mon arc, tu es la pierre dans ma fronde. »

— Je sais que ça peut paraître étrange...

— J'aime Pablo Neruda.

— Quoi ? Tu reconnais la citation ?

— Bien sûr. *Vingt poèmes d'amour et une chanson désespérée.*

Les œufs qu'il me tend ont l'air succulent, mais je n'ai pas d'appétit.

— Charles, je ne comprends pas.

— L'allégorie des armes pour parler d'amour ?

— Non, toi. Comment tu peux sortir des lapins de ton chapeau à tout moment. Et en faire un super ragoût à la moutarde en plus ?

— J'ai fait un baccalauréat en littérature avant de devenir cuisinier.

— Exactement. C'est ce que je disais. Quessé ça ? Je cherche un appart près de l'université. Je réponds à une petite annonce au hasard. Courte entrevue sur nos occupations respectives. On habite ensemble. J'attends de l'information qui fuit au compte-goutte. Soudainement, un matin, à table, boum : Pablo Neruda !

Il ne sait pas quoi dire. Moi non plus.

Mathilde

Lorsque je reprends mes esprits, Liam a déjà dénoué mon corset pour me permettre de mieux respirer. Curieusement, je m'inquiète plus de la qualité de mes dessous que de mon état de santé. Mes yeux passent de la robe déboutonnée à ses doigts, incrédules. J'ignore ce qui a poussé mon cœur à s'emballer de la sorte. Incapable de prononcer la moindre parole, je demeure muette.

— Vous vous êtes évanouie. Je crois que vous êtes fébrile en ce moment. Avec tout ce qui vous arrive, je devrais vous laisser vous reposer.

J'ai envie de l'empoigner pour le retenir, le supplier de rester avec moi. Son visage est celui de la sollicitude. Je ne rêve pas, il a bien délacé mon corset.

— Je remarque, mademoiselle Mathilde, que vos meubles ont disparu. Souffrez-vous d'ennuis financiers depuis la mort de votre père ? Je ne veux pas vous accabler davantage. Si vous ne souhaitez pas répondre, je comprendrai.

Je réussis à hocher la tête, mais je suis incapable de lui en dire davantage. Il m'apporte un verre d'eau et quelques coussins pour relever ma tête.

— Vous comprenez que je resterais bien avec vous jusqu'à ce que vous soyez rétablie, mais je ne peux prendre le risque que votre mère n'entre ici et ne doute de votre conduite. Vous devez vous marier bientôt, ce ne serait pas convenable. Je préfère partir à la recherche de votre domestique. Vous savez où elle se trouve ?

C'est ma chance. Celle de lui apprendre que je ne me marierai pas. Incapable de la saisir, je fais le sacrifice d'une vie qui aurait été merveilleuse.

— Au marché Sainte-Anne.

— Vous sentez-vous assez forte pour que je vous quitte ?

Liam reste aussi longtemps que ses bonnes manières le permettent. Néanmoins, les mots que j'espère ne viennent pas.

Carmen

J'ai trop repoussé mon périple à l'épicerie. Je songe à manger du pain recouvert de sucre. Il faut que je me décide. Le changement, c'est aussi faire du sport et adopter une bonne alimentation. Je sors faire une razzia de fruits, de légumes et de grains entiers.

En verrouillant, je suis arrêtée par une troisième note collée sur ma porte.

Ainsi, le salut de mon âme je l'aurai perdu pour que toi, pour que tu t'en ailles, infâme, entre ses bras rire de moi! Non, par le sang, tu n'iras pas! Carmen, c'est moi que tu suivras!

Tant pis pour les courses. De toute évidence, il s'agit d'une citation tirée de mon nouveau disque d'opéra. Sur Internet, je me tape la lecture du *libretto*. Ces paroles sont prononcées par Don José. À la toute fin. Juste avant qu'il poignarde Carmen.

Ce message semble plus menaçant que les autres. Devrais-je porter plainte à la police? Peut-on reprocher à quelqu'un de retranscrire des citations d'opéra et de les coller sur des portes d'appartements?

Plus je réfléchis à la situation des dernières semaines, plus je sens la colère monter. Trois misérables bouts de papier. Simon ne cessera pas son petit jeu d'intimidation tant et aussi longtemps que je serai la plus faible des deux.

Je n'ai que des preuves circonstancielles de sa culpabilité. La première note est arrivée juste après notre querelle. Je ne connaissais pas encore Arthur. À moins que ce ne soit Charles? L'idée me fait sourire. Ça ne peut être que Simon.

Il n'y a qu'une solution, la confrontation. Dans un lieu public, sécuritaire et muni de caméras de surveillance.

Je lui passe un coup de fil. Le répondeur.

— Simon, c'est Carmen. Je te rappelle pour prendre un café. Je t'attendrai à dix-sept heures au même endroit et à la même table que l'autre jour.

Mon audace m'impressionne.

Faute de gagner par la force, je triompherai par l'orgueil. Olé !

Mathilde

Ma mère porte son désespoir à sa chambre. Désormais, elle ne prend plus la peine de se lever et de s'habiller. Armande lui monte de la nourriture qu'elle dépose à ses pieds : des bouts de pain, du lait chaud et des confitures de fraises. Les plateaux restent intouchés.

Nous avons commencé par acheter divers produits pour combattre son indisposition, dont le fameux cacao Maravilla aux vertus homéopathiques. Voyant qu'elle ne reprenait pas de couleurs, nous avons fait venir le docteur qui nous a reproché de lui avoir administré des potions sans l'avoir d'abord consulté. La nature du sexe féminin est si faible et si prompte à se dérégler qu'il faut se garder d'écouter les charlatans et leurs remèdes de grand-mère. Il m'accuse presque de vouloir tuer maman.

C'est moi qui règle les formalités avec le notaire. Il a trouvé un acheteur pour mon piano, pour l'horloge grand-père du salon et pour les porcelaines anglaises. Ces objets de valeur qui ont toujours fait la fierté de dame Éléonore Marquis quittent sa demeure sans qu'elle se donne la peine de leur dire adieu.

Le décor se transforme peu à peu. Il perd des plumes et des couleurs. Il se déshabille et découvre ses murs nus. Heureusement, Armande m'accompagne et me donne des conseils.

— Avec votre éducation, mademoiselle Mathilde, personne ne vous fera laver la vaisselle. Les gouvernantes mènent une existence paisible. Je suis convaincue que vous serez heureuse, même si vous aurez à travailler.

Nous emballons soigneusement les verres de cristal dans de vieux draps rapiécés. J'ai demandé à Armande de choisir ce qu'elle voulait garder pour elle. Comme nous ne sommes pas en mesure de lui payer un salaire, elle a choisi de l'argenterie et quelques bijoux qu'elle veut donner à ses enfants. Aucun luxe pour elle.

— Vous serez au service de votre patronne tous les jours en ayant bien peu de repos, mais vous vous consolerez de la satisfaction du devoir accompli.

— Il me semble que je me suis reposée toute ma vie!

Je commence tout juste à entrevoir mon futur état comme étant le meilleur pour moi dans les circonstances. Je suis condamnée à une vie de célibat, certes, mais je me fais de plus en plus à cette idée.

Carmen

Simon a quinze minutes de retard. Il franchit le seuil au moment où je me prépare à partir. Je me rassois. Ma respiration est calme. J'ai l'air parfaitement décontractée. Mes mains reposent sur mes cuisses. Je suis prête.

Je le trouve séduisant aujourd'hui, avec sa peau bronzée, son regard obscur et sa tenue mode. J'essaie de me convaincre que cette attirance s'éteindra dès qu'il ouvrira la bouche.

Il s'installe en silence.

— Merci d'être venu sans ton poignard.

— Pardon?

Malaise…

— Je voulais te dire que je n'ai pas été correcte avec toi. J'ai agi comme une vache enragée. Pardonne-moi.

— C'est oublié, tu t'es déjà excusée.

— Tes messages m'ont fait réfléchir.

— Mes messages? Tu as refusé de me donner ton numéro de téléphone. Comment veux-tu que je t'en laisse?

Simon baigne dans l'innocence. Son expression est un peu enfantine, avec ses sourcils relevés jusqu'au sommet de son large front. Je me rends compte que je l'ai pris pour un maniaque un peu trop rapidement. Il ne semble pas amer à mon égard. C'est un garçon sympathique que j'ai rencontré au mauvais moment.

— Alors, tu étudies la médecine?

— C'est pour ça que tu veux te réconcilier avec moi?

— Non. Ça fait partie d'un plan de réforme de ma vie. Comment t'expliquer? Je veux me faire pardonner de toutes les personnes que j'aurais pu offenser, question d'éliminer les rancunes.

Il se gratte la nuque, ce qui fait saillir son énorme biceps.

— O.K., accepté. Bon, tu me l'offres, ce café?

Arthur vient de passer la porte. Il fallait prévoir, c'est son lieu préféré. Il est surpris de me voir assise avec Simon.

Je lui fais signe pour qu'il nous rejoigne et, après avoir acheté un café, il s'assoit à la table. Il sirote son breuvage fumant en silence. Simon ne sait pas comment réagir.

— C'est ton *chum*? demande le colosse.

Mon regard se tourne vers Arthur.

— Ben...

Arthur se lève. Il se dirige vers la porte sans ajouter quoi que ce soit.

— C'est ton *chum* ou ça ne l'est pas, il me semble, commente Simon.

Je tente de rattraper Arthur, mais il s'est perdu dans la foule du centre-ville.

Mathilde

Trois petits coups. Aucune réponse. Ma mère ne bouge pas de son lit pour venir me répondre. Je pousse la porte et me tiens dans l'embrasure.

— Armande vous a dit que je quittais Montréal ?

Elle ne répond pas, mais ses yeux sont bien ouverts. J'attends qu'elle ait une réaction, qu'elle cligne les paupières pour continuer.

— Je vais rejoindre Madélie à Toronto. Elle visite la famille de son époux. Celui-ci a des cousins qui veulent me prendre comme gouvernante. Ils cherchent quelqu'un de fiable pour parler français avec leurs trois garçons. L'emploi est bon, mieux que tout ce qu'on m'a offert jusqu'ici. Je gagnerai assez de sous pour vous envoyer une pension chaque mois.

J'ai envie d'ajouter que je promets d'être plus fiable que mon père, mais je sais que cela offenserait sa mémoire. Ma mère, tête posée sur l'oreiller, fixe un tableau, une scène bucolique. Je sais qu'elle restera muette jusqu'à mon départ. Elle se taira pour me convaincre de ne pas la quitter.

— Vous savez ce qui est drôle ? Madélie sera ma patronne lorsqu'elle mettra au monde ses propres enfants !

Mon rire résonne dans la pièce. Je n'ai pas touché aux meubles de maman. J'ai vendu ceux du salon et de la cuisine, mais je lui laisserai habiter son petit monde. Les meubles de la chambre d'une femme contiennent tellement de tiroirs, tellement de souvenirs, qu'il m'apparaît cruel de les marchander.

— Je vais m'en sortir, je vous en prie, inutile de vous faire du mauvais sang pour moi.

Ses yeux s'emplissent de larmes. Elle croit probablement que j'invente ce beau discours pour qu'elle cesse de me considérer comme un oisillon s'étant cassé l'aile. Pourtant, chaque mot prononcé est sincère. J'ai l'âme en paix.

Elle ne murmure qu'une seule phrase :

— Comment a-t-il pu nous faire cela ?

Carmen

Devrais-je appeler Arthur pour m'excuser? J'angoisse à l'idée de ce qu'il pourrait bien me dire. Laisser retomber la poussière me semble être la meilleure solution. Comme une automate, j'ouvre le garde-manger. C'est alors que j'aperçois ma caisse de bière dissimulée derrière un énorme sac de riz. Des litres et des litres d'alcool ne suffiront pas à calmer mes angoisses. Et pourtant… J'imagine qu'au point où j'en suis, boire en solitaire n'est pas contre-indiqué.

J'abandonne ce qui me reste de bon sens aux mains de Budweiser.

Quand Charles ouvre la porte, il doit être deux heures du matin. L'alcool a fait son œuvre. Je me sens curieusement triste.

— Pourquoi tu m'évites? Qu'est-ce que je t'ai fait?

Il ne répond pas. Je durcis le ton.

— Tu as choisi de vivre avec moi, donc tu as l'obligation de me parler de temps en temps! C'est clair?

Au lieu de fuir, il s'approche un peu. Son pas est chancelant.

— Tu as bu, toi aussi?

— Juste un peu.

Son regard se pose sur la caisse qui est ouverte à mes pieds. Il fait rapidement le calcul, incrédule. Je débouche une bouteille et la lui tends. Il proteste:

— J'aime pas beaucoup les bières commerciales…

— On s'en fout. Viens t'asseoir.

Je tapote le sofa. Charles hésite, abdique.

— Tu as aimé mon projet de marketing?

— J'ai vraiment été surpris. C'est…

— Tu vas l'ouvrir, ton resto?

— J'aimerais bien.

Je suis complètement ivre. Charles encore plus. En moins d'une demi-heure, il me propose de me lancer en affaires avec lui et nous délirons sur la couleur des murs, des tables et des chaises du restaurant. Alcool aidant, Charles rigole.

— On pourrait mettre ta tarte extratequila au menu ! Tous les adolescents du quartier viendraient goûter notre spécialité.

Je m'écrie avec enthousiasme :

— Bonne idée ! Buvons de la tequila à la santé de notre future tarte !

La bouteille est bien en évidence sur le dessus du réfrigérateur, mais il n'est pas facile pour moi de l'attraper dans cet état. Charles m'aide. Il en verse le contenu dans son verre sacré, celui en verre de Murano.

Mathilde

J'ai le plus terrible des moments de faiblesse. Je me laisse tomber sur le lit et pousse des sanglots et des cris qui doivent ébranler les fondations de la maison. Armande entre et se rue vers la fenêtre pour la fermer et empêcher que ne s'ébruite dans le faubourg une nouvelle rumeur à mon sujet.

La folie.

Armande me prend dans ses bras comme lorsque j'étais petite. Elle s'assoit près de moi. Je place ma tête sur ses genoux. Elle me caresse les cheveux. C'est peut-être la dernière fois que je pourrai ainsi goûter à l'enfance. Cet instant m'a été envoyé par Dieu pour me donner la force dont j'ai besoin pour affronter les bouleversements des prochains jours.

Lorsque mes pleurs deviennent tolérables, je me redresse. J'ai d'abord le réflexe de m'excuser, mais en jetant un coup d'œil au visage compatissant de notre vieille servante, je sais que c'est inutile.

— Si c'est l'avenir de votre mère qui vous inquiète, je peux vous assurer que je vais veiller sur elle jusqu'à ma mort. Nous en avons parlé ensemble. Elle va louer la maison. Grâce aux revenus locatifs et à ce que vous allez nous envoyer, elle pourra s'offrir un petit appartement. Elle ne me payera pas, mais je continuerai de la servir, car elle est incapable de rester seule. Mes enfants viendront nous rendre visite le dimanche et nous attendrons que vous reveniez.

Je sais que je n'ai pas à me faire du souci.

— Comme vous voyez, tout est réglé, mademoiselle Mathilde. Partez l'esprit en paix et écrivez-nous souvent.

J'arrive à hocher la tête.

— C'est ce beau professeur, n'est-ce pas? Vous êtes triste de le quitter? Il ne veut pas se marier avec vous?

Les larmes coulent toujours, mais je suis maintenant capable de respirer normalement. J'observe ma chambre, mon refuge, la tapisserie rose, le Davenport où je range mon journal et ma correspondance et l'âtre du foyer où Armande a allumé un feu. De toute ma vie, je n'ai jamais dormi ailleurs que dans ce lit.

Je retrouve bientôt un peu de sérénité.

— Je vais te dire ce que je n'avouerai jamais à personne d'autre que toi, pas même à Madélie. Je ne pleurais pas pour l'avenir de ma mère, mais pour le mien. J'ai souvent peur d'avoir des regrets! Le mariage, c'était mon rêve, je n'en avais aucun autre. Maintenant, il me semble que je serai une de ces rares vieilles qui n'ont pas connu les hommes. Je ne comprendrai jamais ces choses...

Aurais-je pu être plus souriante, plus avenante avec monsieur Dupossible? Inspirer son amour alors que je n'en ressentais pas? Je poursuis:

— Ce qui m'attriste le plus depuis que j'ai décidé de demeurer célibataire, c'est de songer à toutes ces expériences que je ne vivrai jamais. Pour le reste de ma vie, je vais m'interroger sur ce qu'aurait été mon existence si j'avais été mariée.

— Vous aurez plus de liberté. J'ai été mariée, je ne le suis plus, et je vous assure que je suis aussi heureuse aujourd'hui qu'avant.

— Mais un époux console!

— Et chagrine... Vous savez, il n'est pas nécessaire d'être liée par l'Église pour tromper sa solitude. Il y a plusieurs années que j'ai un compagnon. Nous tenons nos rencontres secrètes, car il n'est plus nécessaire de nous marier, à nos âges, avec les enfants en plus.

— Je n'arrive pas à y croire!

— Dieu pardonne ce genre de péchés bien plus facilement que les hommes.

Comment a-t-elle réussi à mener ce genre d'existence sans que je m'en doute? Elle qui a consacré toutes ses énergies à servir ma famille. Elle qui ne délaisse que rarement son uniforme noir et son tablier.

— Sauf votre respect, mademoiselle Mathilde, si le seul regret qui vous taraude est celui de l'amour qui vous est interdit, je tiens à vous assurer qu'il est bien inutile. Vous quittez Montréal pour un endroit si lointain que vous n'avez plus à vous soucier de la bienséance.

— Je...

— Permettez-moi d'être plus claire. Les racontars prennent rarement le train. Vous aurez tout le loisir de vous construire une nouvelle réputation une fois là-bas. Alors, profitez donc de ces derniers jours pour faire ce qui vous plaît.

Je ne sais pas si je dois rire de sa plaisanterie ou comprendre qu'elle est sérieuse.

— Maintenant, vous joignez un autre rang, celui des domestiques. Tout va changer. Vous verrez que, malgré la servitude, vous aurez un peu plus d'espace. Les gens se soucieront bien moins de vous et de votre vertu.

Je devrais protester, lui affirmer que je ne pourrais jamais, que je ne suis pas comme cela. Elle ne m'en laisse pas l'occasion. Elle se retire, sans rien ajouter.

Je n'ai plus de piano pour jouer la musique de l'opéra *Carmen*, mais l'air me trotte toujours dans la tête. « Prends garde à toi. Si je t'aime, prends garde à toi. » Armande a raison. Et si j'adoptais la résolution ferme, à partir d'aujourd'hui, de profiter de chaque occasion mise à ma disposition de faire tout ce dont j'ai envie ?

Carmen

Le réveil est brutal. J'ai mal au cœur. La tête m'élance.

Et je suis nue dans le lit de Charles. Les os de son petit bras maigre font des ravages sur mon cou. Il ronfle à côté de moi comme un vulgaire amant. Je dois m'habiller avant qu'il ne s'éveille. Où est mon pantalon?

Si je savais quel Dieu prier, si je savais comment prier, je prierais volontiers.

En passant devant la cuisine, j'aperçois le bordel que nous y avons mis. Mes vêtements éparpillés, des bouteilles vides, des restes de nourriture et des assiettes sales. J'évite de poser le pied sur un tas de morceaux de verre de Murano.

Je suis trop éreintée pour être en mesure de ramasser les preuves matérielles de mon méfait. Je gagne ma chambre pour m'écrouler sur mon lit.

Mon serment a été brisé. Et avec Charles, en plus. J'ai honte. Arthur ne mérite pas ça. Je dois absolument rompre avec lui. Rompre, et ne plus jamais en entendre parler.

J'empoigne le téléphone. Je compose le numéro d'Arthur. Lorsque j'entends sa voix endormie à l'autre bout du fil, je hurle :

— C'est fini entre nous, Arthur ! C'est fini ! Fini, fini, fini entre nous !

— Carmen, il est quatre heures du matin. Je pensais qu'il était arrivé quelque chose de grave à ma mère.

— Elle et moi, c'est du pareil au même…

— Tu as bu?

— Point final. Bye-bye.

Il raccroche et mon cœur chavire.

J'espère que Charles s'éveillera complètement amnésique.

Je reste prostrée sur mon lit. Je ne me lèverai plus. J'hivernerai ici. Sous les couvertures.

Mathilde

Armande est introuvable. La maison est vide. Serait-elle sortie avec ma mère ? Je ne sais plus où la chercher mis à part dans sa chambre, sous les combles.

Gravir lentement chaque marche de l'escalier revêt pour moi une signification particulière. Je n'ai pas mis les pieds depuis des années dans le quartier des domestiques. Quand j'étais enfant, je pouvais m'y promener librement, fouiner dans tous les recoins à ma guise et observer les mouvements de la rue par cette toute petite fenêtre sans tentures que j'affectionnais particulièrement. Personne ne risquait de m'y voir, parce que j'étais au troisième étage, dans une pièce où nul ne songe à regarder puisqu'elle appartient à ceux qui mènent une vie de discrétion.

C'est souvent ici, chez Armande, que je suis venue tromper ma solitude d'enfant unique. Les soirs de pluie, j'aimais monter pour entendre le rythme des gouttelettes frappant le toit. C'est peut-être ici que j'ai développé mon goût pour la musique.

Armande n'est pas là. Je n'aperçois dans la lumière tamisée de la pièce que la silhouette de son fils, Pierrot. Il est assis sur le lit, portant les mêmes vêtements que la dernière fois où je l'ai rencontré. Une chemise à carreaux. Cette fois, elle n'est pas boutonnée jusqu'à l'encolure.

— Je ne voulais pas vous faire peur, ma mère m'a demandé de la rejoindre ici. Pour vous parler.

— Pardon ! Je ne devrais pas être seule avec vous, sans chaperon.

— C'est correct, mademoiselle Mathilde, je suis gentil.

Il ne me brusque pas, ne bouge pas. Le fils d'Armande me laisse m'approcher de lui avec méfiance. Nous avons tout le temps de nous connaître. J'étudie ses mains. Elles sont propres et ses ongles sont coupés ; aucune trace de charbon ne subsiste.

— Ma mère m'a dit que vous vous sentiez bien seule et que vous aviez besoin de compagnie, alors je suis venu.

— Je vous remercie de votre bonté. Elle se fait beaucoup de souci pour moi, mais ne vous en faites pas, tout ira très bien. Au revoir.

Je tourne les talons et m'apprête à redescendre quand sa voix m'arrête.

— Moi aussi, je m'ennuie. Vous n'avez pas envie de venir jaser un p'tit brin ?

— J'ai la plus grande estime pour Armande et pour tous ses enfants, mais je dois prendre congé.

— Qu'est-ce qui vous empêche de rester un peu avec moi ?

— Ça ne se fait pas, monsieur.

— Voyons ! Il n'y a personne dans la maison. Votre mère et la mienne sont parties pour une heure. N'allez pas me dire que c'est péché d'avoir des conversations ! Alors parlez-moi de vous. Approchez. Tenez, vous pouvez même venir vous asseoir sur le lit, si vous êtes fatiguée !

Je commence à comprendre. La conversation avec Armande me revient en mémoire. Je demeure interdite, incapable de décider si je devrais me calmer ou prendre mes jambes à mon cou.

— Vous n'êtes pas une bavarde, c'est votre droit. Une chose est sûre, mademoiselle Mathilde, moi je vous trouve belle. Je n'aime pas penser que vous vous sentez seule. Je veux vous aider.

Je sais que c'est là un cadeau que m'offre Armande, mais j'ignore comment l'accepter. À vrai dire, je ne crains pas de perdre ma réputation ni même d'offenser Dieu, le péché de la chair s'absout avec le temps et la contrition sincère.

J'ai plutôt peur de goûter à un interdit que j'aurai envie de retrouver alors que je ne le pourrai plus. Je me demande ce qui cause le plus de mal à l'âme : savoir ou regretter.

Liam saurait la réponse. D'ailleurs, je voudrais que ce soit lui dans la lumière du matin.

Je choisis d'utiliser les méthodes que je connais déjà. Je prends place aux côtés de l'homme, sur le lit, et je pose un doigt sur sa main. Dans le creux de mon estomac, je ressens une tension, mais je ne saurais dire si elle est causée par la crainte de perdre mon âme ou par le désir irrépressible d'acquérir des connaissances nouvelles. Je finis par conclure que j'ai affaire aux deux sentiments à la fois et qu'il est inutile de tenter de les départager.

Pierrot est né des entrailles de sa mère, la personne la plus importante de ma vie. C'est suffisant pour que je lui offre tout mon respect et toute ma confiance. Je pose ma tête sur ses épaules et laisse monter les larmes. Pourquoi est-ce que je pleure comme une enfant alors que j'agis comme une femme?

Je sais qu'il est inutile de me présenter à ce charbonnier sous mon jour le plus modeste ni le plus posé. Dans la quête de liberté qui me préoccupe, il n'est pas nécessaire de sourire. Il n'attend qu'un geste de ma part.

Ce que je m'apprête à faire est terrible, mais c'est une sorte de passage obligé. J'entame une autre vie. Je ne serai plus jamais une enfant obéissante ni une femme du monde. Je suis désormais une fille du peuple, une travailleuse acharnée, une domestique. Mes épaules sont trop larges, mon corps est trop imposant pour évoluer dans un milieu valorisant le paraître, la grâce et la beauté.

Dieu a peut-être reconnu son erreur. Certes, je ne suis pas née au bon endroit. Ce qui me chagrine le plus, c'est qu'il ait dû sacrifier papa.

Pierrot guette. Je ne sais pas quoi lui dire et encore moins que faire. Il finit par se rendre compte que je ne serai qu'une poupée entre ses bras. Je suis incapable de m'avancer seule aussi près du gouffre.

Le fils d'Armande sort une flasque argentée de sa poche. Il en prend une lampée. Il me la tend. J'y pose mes lèvres à mon tour. Mon ventre se consume. C'est la potion du diable.

— Mademoiselle Mathilde, j'aimerais vous dire... Je serais plus à l'aise si je pouvais vous tutoyer.

J'éclate d'un rire incontrôlable.

— Dans ce contexte, c'est permis. Je pense que nous allons oublier l'étiquette...

— Ça ne vous tente pas de jaser, hein?

— Non, pas du tout.

— Alors dans ce cas...

Il pose ses lèvres sur les miennes. Mon corps se raidit, tout d'abord, puis sombre dans un relâchement ivre. Je n'ai pas peur. J'ai le sentiment de l'avoir toujours connu, ce charbonnier.

Est-ce l'idée du péché qui me grise ou encore le fait de tromper ma mère?

À chaque morceau de vêtement qu'il retire, je veux lui crier d'arrêter. C'est pour moi une épreuve que de lui permettre de continuer sans offrir la moindre résistance. Je ferme les yeux et tente de respirer lentement. Je crois que je vais m'évanouir.

Pierrot reste perplexe devant la complexité des nœuds et des boucles de mon corset. Je dois le retirer moi-même. Je me retrouve nue par ma seule faute. Jamais je ne pourrai affirmer que je n'étais pas consentante.

— Ne regarde pas mon corps.

Je le supplie presque.

Je suis prise de tremblements qui se calment un peu lorsque Pierrot m'invite à m'allonger et qu'il pose sur moi une couverture. Sa main glisse entre les draps. Je ferme les yeux, comme si l'aveuglement me libérait du poids de la culpabilité...

Il caresse des parties de mon corps que je destinais au mari qui n'est pas venu. Je ressens à la fois honte et nervosité, sursautant au moindre attouchement, au contact de sa peau. Cette exploration me paraît interminable. J'aurais préféré qu'il s'exécute sans palper, sans regarder, mais je ne résiste pas.

— Est-ce que tu veux que j'arrête? souffle-t-il soudain.

— Non. Continue.

J'ouvre les yeux. Il est allongé sur moi et me fixe avec un soupçon d'inquiétude. J'ai peine à soutenir son regard et, pourtant, il me semble impoli de demander à quelqu'un de me faire l'amour sans daigner lui accorder un peu de douceur. Je prends la résolution de sourire davantage.

— Est-ce bien nécessaire de me toucher autant?

— Je peux entrer l'épée *direct* dans le fourreau. On est censé être moins *rough* la première fois, je pense...

Je commence à me détendre. Les paupières closes, j'imagine le visage de Liam. Ses mains sur moi. Son odeur. Chaque caresse me vient directement de lui par l'entremise d'un messager. Ses respirations saccadées deviennent plus agréables, plus rassurantes. Tout à coup, une poussée forte, puis une douleur qui n'en est pas une.

Après avoir ouvert le livre de la connaissance, l'introspection est brutale. Je suis maintenant condamnée à revêtir ce manteau qu'Ève a porté toute sa vie. Et pourtant. Tous les gestes que je viens de poser me paraissent si banals que j'ignore pourquoi ils sont interdits. Tout s'est déroulé si rapidement que j'ai presque envie de recommencer pour vérifier si ces minutes ont bien été réelles.

Je ne sais trop quoi ajouter mis à part «merci». Même nue, je reste sur mon quant-à-soi, comme on me l'a appris. Si je me révèle, il me sera impossible de me dominer. Pierrot le sais et ne réclame aucune parole.

Carmen

Le temps, interminable, et le soleil qui se lève. Charles entre dans ma chambre après avoir frappé à la porte. Il s'assoit sur le lit.

— Tu es la dernière personne que je veux voir aujourd'hui !

— J'ai quelque chose à t'avouer, annonce-t-il.

Pas une déclaration d'amour enflammée ! Misère…

— Je voulais juste te dire, pour hier.

— C'était vraiment bon, mais j'aimerais que ces événements ne nuisent pas trop à notre colocation.

— Je voulais juste dire…

Il est incapable de terminer sa phrase. Je tente de l'apaiser. Flatter son ego.

— Nous avons vécu de beaux moments, ça nous fera de merveilleux souvenirs à tous les deux.

Il se lève pour partir. Au dernier moment, après hésitation, il se retourne et débite rapidement :

— Je suis impuissant.

Mathilde

Il ne me reste qu'une seule formalité à régler avant de quitter la ville. Je trouve enfin une librairie située au troisième étage d'un immeuble près du port, en haut d'un entrepôt de farine. L'escalier est minuscule et je dois relever mes jupes pour monter sans encombre.

L'homme qui y travaille est surnommé le Juif. J'ignore s'il est véritablement de cette religion ou si on l'appelle ainsi parce qu'il garde des livres à l'Index dans son arrière-boutique, ce qui lui a valu des démêlés avec la justice. Le soir venu, selon les rumeurs, des agitateurs se rassemblent chez lui pour discuter de politique jusqu'aux petites heures du matin.

— Une dame? Ici? Mais que me vaut cet honneur?

J'ai envie de lui expliquer qu'on ne peut plus m'accoler ce titre depuis plusieurs jours et que mes vêtements sont trompeurs. Il faudra que je songe à m'acheter des tenues plus sobres.

— Je voudrais offrir un cadeau à une amie qui aime particulièrement la philosophie.

Les mots d'Armande demeurent gravés dans ma mémoire: ma réputation n'est plus aussi importante qu'avant. Puisque j'ai osé entrer ici, pourquoi hésiter à livrer le fond de ma pensée au propriétaire?

— Cette personne a beaucoup de questions sur l'amour. Je souhaite acheter un ouvrage qui va lui apporter quelques réponses.

— Alors, j'ai exactement ce qu'il vous faut. Certains disent qu'il s'agit de poésie, d'autres de philosophie. L'auteur affirme plutôt avoir écrit un dialecte lyrique. Vous cherchez quelque chose comme cela?

— Précisément…

— Dans cette œuvre, un homme a noté la douleur qu'il a subie en choisissant de renoncer à l'amour de celle qu'il adorait.

— Pourquoi?

— Parce que la foi est plus forte que la raison.

— C'est vrai?

Mes joues s'empourprent, mais je sors tout de même quelques sous de ma bourse. Le livre est assez petit pour être dissimulé dans ma jupe sans que quiconque l'aperçoive.

Je n'ai plus maintenant qu'à composer un mot qui saura tout dire.

Carmen

Je ne sais pas qui appeler pour parler. Aurélie va me gronder, mais j'ai besoin de déballer mon sac. Et je n'ai personne d'autre.

Son ton est catégorique.

— Carmen, rappelle-le tout de suite pour t'excuser. C'est un ordre! Depuis que je te connais, tu n'as jamais entretenu la moindre relation amoureuse stable.

— Je ne pourrais pas me contenter d'envoyer un courriel?

— Non, le téléphone! Rappelle-le, soulage ta conscience s'il le faut, il te pardonnera.

— Aurélie…

Je prends une pause.

— J'ai crié sous l'effet de l'alcool. Je suis sa mère. En plus jeune. La roue est en marche. Je vais finir dans un HLM où je mourrai d'un coma éthylique et je serai mangée par mes chats.

Aurélie n'a aucune compassion.

— Les nerfs! Calme-toi. Respire. Mets ton orgueil de côté une minute. Est-ce qu'il te manque?

— J'étais saoule…

— Réponds-moi. Est-ce qu'il te manque?

— Oui.

— Sois sincère avec lui, il te pardonnera.

J'appelle Arthur. Son ton impersonnel me donne envie de mettre fin à l'appel. Ce serait tellement plus facile.

— J'étais complètement partie hier.

— On trouve toujours la vérité au fond des bouteilles.

— Écoute. Je suis consciente de mes travers, mais essaie de ne pas trop m'en vouloir. C'est la première fois que je tiens suffisamment à quelqu'un pour reconnaître mes torts.

Curieusement, je repense à Simon et aux mauvaises excuses que je lui ai adressées.

— Acceptes-tu de me rencontrer pour qu'on en parle?

— Je suis avec ma mère. Tu l'entends pleurer derrière moi?

— Plus tard? On pourrait se donner rendez-vous vers vingt et une heures? Au même café que d'habitude?

— Mmh.

J'hésite.

— Pourquoi elle pleure, ta mère?

Il a déjà raccroché.

Mathilde

J'attends que la nuit tombe et que les réverbères soient allumés pour sortir de ma demeure. Le vent s'engouffre sous mes vêtements et me porte vers ma destination. J'ai trouvé l'adresse de Liam dans le carnet de mon père. Ma décision m'effraie. Ce n'est plus le poids des convenances qui me tourmente. C'est plutôt l'idée de l'échec. Liam est-il déjà fiancé? A-t-il une vie secrète où je n'ai pas de place? Je tremble qu'une inconnue ne découvre et ne subtilise le mot que je lui ai adressé sur une page blanche à la toute fin du livre. Voilà pourquoi je n'y ai pas apposé ma signature, je le laisserai deviner.

J'ai choisi de quitter Montréal parce que je n'ai pas su te demander si tu voulais m'épouser. Les femmes ne doivent pas avouer ces choses, mais les garder en elles et espérer. Je ne veux pas attendre de réponse, car elle m'effraie trop. Je préfère songer à toi tous les jours comme si j'étais certaine que tu m'aimais.

À sa fenêtre, j'aperçois la lueur d'une lampe à l'huile à travers le rideau trop mince. Je grelotte, comme cette flamme.

Je ne pourrai jamais lui remettre ce livre en mains propres.

Je fais tinter la cloche et me cache derrière un arbre jusqu'à ce qu'il ouvre la porte et trouve le livre. Il scrute la nuit en essayant de distinguer la personne qui le lui a apporté.

Quelques regards au loin. Il n'insiste pas.

A-t-il même pensé à moi?

Carmen

Arthur attend. Son bouclier : un livre. Kierkegaard. La scène est connue. Même odeur de café. Même table. Même foule. Mais cette fois, j'ai peur. J'ai si peu de talent pour la médiation.

J'ai déjà préparé un texte, mais Arthur me prend de court.

— Je pars. J'ai finalisé les arrangements hier.

— Tu vas où ?

— À Copenhague.

Silence.

— On ne dit pas «Je pars pour Copenhague» sans ajouter «et voici pourquoi».

— Je vais étudier là-bas. Au Danemark. Kierkegaard est un Danois. C'est mon rêve.

Arthur a un sourire triste.

— Et quand comptais-tu me l'annoncer ?

— Je suis des cours de danois depuis pas mal de temps.

C'est une trahison, mais... Mes vêtements. Dans le salon. Arrosés de bière. Je ne lui ferai pas la leçon.

— Après t'avoir rencontrée, je l'avoue, j'ai eu envie de rester ici avec toi, d'annuler tous mes projets.

Les mots déboulent comme des roches dans mon conduit auditif. Je plaide ma cause, sans conviction.

— C'est sûr que je ne suis pas prête à te dire «Je t'aime», mais je me sens proche de toi. J'y suis presque arrivée.

— J'ai acheté mon billet d'avion. Non remboursable.

— Et ta mère ?

— Couper le cordon va être bénéfique pour l'un comme pour l'autre.

Il pèse longuement ses mots avant d'ajouter :

— Il y a une solution pour continuer... Viens avec moi.

— Au Danemark ?

— C'est ça, l'amour : oser, tout laisser tomber, s'aveugler, oublier. Si tu as envie d'essayer, suis-moi à Copenhague. Sinon, on en reste là.

Ses mots, à première vue ridicules, ne me laissent pas complètement indifférente. Partir. M'évader. Me retrouver. De nouveaux visages. De nouvelles aspirations.

La fuite est-elle vraiment la solution ?

— Je ne peux pas abandonner mon baccalauréat.

— C'est l'occasion pour toi de prendre du recul et de décider si le marketing, c'est vraiment ta voie. Et puis, tu pourrais peut-être t'inscrire à l'université là-bas, il faut voir. Ils offrent des cours en anglais à l'Université de Copenhague, tu sais.

— Et l'argent ?

— J'ai reçu une bourse. On pourrait survivre.

J'essaie d'imaginer l'Europe. Je colle ensemble quelques morceaux cueillis un peu partout. Des entrelacs de rues pavées. Des voitures, partout. Des bicyclettes. Des scooters qui pétaradent même la nuit. Des canaux. De la brume. Des boulangeries. Des gendarmes pour faire la circulation. Des chapeaux. Des crottes de chien par terre.

Je me rends compte que, pour moi, le Danemark ne rime à rien. Sinon à mon livre de contes pour enfants. Autrefois, je fondais en larmes quand on me lisait *La petite fille aux allumettes*. Pour me remonter le moral, ma mère disait : « Ne t'inquiète pas, ces choses-là ne se passent pas ici. » J'insistais pour savoir où exactement les enfants étaient laissés morts en pleine rue. Je voulais un lieu précis à maudire. Maman me répondait : « Au Danemark. »

— Toute ma vie, j'ai été un grand idéaliste, poursuit Arthur. J'ai cherché à vivre par la logique. Pourtant, la branche de la philosophie que je préfère, c'est celle de Kierkegaard. Il ne croit pas que l'homme puisse trouver la vérité en n'utilisant que la raison. Il faut avoir la foi. Quand nous nous sommes rencontrés, j'étais fasciné par toi, d'abord par ta beauté, puis par ta force de caractère, ton impulsivité, ta complexité. Comme toi, j'ai pensé que nous n'avions pas grand-chose en commun. Puis j'ai trouvé un livre qui m'a fait réfléchir… Dans ton salon !

— Une revue de gastronomie ?

— *Les Pensées*, de Blaise Pascal. L'ultime effort de réconciliation de la raison et de la foi. J'ai compris que c'était la clé de toutes mes interrogations, de mes doutes. Tu l'as lu, n'est-ce pas ?

— Pas assez pour saisir ce que tu veux dire.

— Pascal essaie d'expliquer que c'est logique de croire en Dieu, que ce n'est pas une entorse à la raison. J'ai décidé que ce serait la même chose pour nous deux. Au lieu de me questionner sur le sens de mon attirance pour toi ou de songer à ses conséquences, j'ai choisi le pari pascal : « Si vous gagnez, vous gagnez tout ; si vous perdez, vous ne perdez rien. »

— C'est toi qui as collé des citations sur ma porte !

— Pas la première. C'est ton prétendant éconduit qui m'en a donné l'idée. J'ai voulu entourer ma démarche de mystère. Si je t'avais dit « Va lire tel ou tel livre pour mieux me comprendre », tu ne l'aurais pas fait. Mais en piquant ta curiosité avec une citation…

Un rire sarcastique m'échappe.

— Tu croyais qu'en collant une citation faisant référence à un assassinat au couteau, je plongerais dans des réflexions intellos sur le sens de la vie ?

— J'ai choisi l'extrait le plus significatif de l'opéra *Carmen*. C'est la finale, même un non-initié pourrait la reconnaître ! C'était ma façon de te faire savoir que tu m'avais eu. Je ne sais pas comment, mais tu avais gagné la partie. J'ai résolu de mettre mes idéaux et mes projets en veilleuse pour me ranger du côté de l'irrationnel.

— Je ne vais pas aller au Danemark. Il y a d'autres moyens de garder contact.

— Alors, je préfère conserver tout ça dans ma mémoire.

— Aller au Danemark, ça nuirait à mes études, ça ferait paniquer mes parents et je devrais abandonner Charles avec le loyer. Tout ça pour essayer de faire semblant qu'on est pareils ?

Arthur soupire.

— Je viens de prendre ton visage en photographie. Je l'emmènerai en Europe. Je voudrais juste te faire un cadeau avant de m'en aller.

Il me tend le vieil exemplaire de son livre favori, *Crainte et Tremblement*. La couverture défraîchie est austère, sans image.

— J'aimerais simplement que tu le lises. Je sais que c'est de la philosophie, que tu détestes ça, mais c'est tout ce que je te demande. C'est pas bien long et le vocabulaire est simple.

Il se lève puis, sans rien ajouter, se dirige vers la porte. Aussi brusquement qu'il est entré dans ma vie, il en ressort. L'espace du mois de novembre.

Mathilde

Le lendemain, jour de mon départ, Armande vient me réveiller de bonne heure. Elle jubile.

— Vous avez reçu du courrier, ce matin, mademoiselle Mathilde.

— Je te l'ai dit, Armande, je ne veux pas le lire. Je ne peux pas supporter l'idée de recevoir des mauvaises nouvelles.

Son expression change.

— Je crois que c'est lui. Vous êtes certaine de ne pas vouloir savoir ? Votre curiosité ne sera pas plus forte que votre volonté ?

— Je t'assure que non. Je pars aujourd'hui pour Toronto et te demande de ne pas faire suivre mon courrier. C'est une nouvelle vie qui m'attend et je refuse de la passer à me morfondre. Imagine que ce soit bien lui et qu'il me rejette ? Non, je préfère que Liam m'accompagne dans la perfection des instants que nous avons passés ensemble. D'ailleurs, donne-moi cette enveloppe.

Armande me tend la missive. Mon cœur bat à tout rompre. Je fais quelques pas en chancelant et parviens tout juste à la lancer dans l'âtre où elle se consume. Je ne connaîtrai jamais son contenu. Je respire déjà mieux.

— Voilà, c'est fait. Maintenant, pourrais-tu m'aider à m'habiller ? J'ai un train à prendre. La voiture devrait arriver très bientôt.

La vieille servante ne bronche pas.

— S'il vous aime, rien ne pourra l'empêcher de vous retrouver...

— Il n'a aucun moyen de savoir où je me trouve.

— N'en soyez pas si certaine, mademoiselle Mathilde. Parfois, la vie est bien surprenante.

Sur ces mystérieuses paroles, elle reporte son attention sur le large chapeau qu'elle a choisi pour mon voyage.

Il n'y a qu'Armande pour me reconduire à la gare Bonaventure, accompagnée par son fils Pierrot qui porte la malle. Ma mère ne m'a rien dit quand je l'ai saluée. J'ai glissé quelques bibelots dans mes bagages. Et puis de l'encre, des plumes, tout ce qui me permettra d'écrire une fois rendue là-bas. Je sais que mes tâches quotidiennes ne me laisseront pas le loisir de m'ennuyer, ni d'écrire tous les jours à Armande, qui ne sait pas lire, et à ma mère, dont je m'ennuierai peut-être.

Je n'ai jamais fait d'adieux. Pas même à mon père qui s'est enfui sans nous prévenir. C'est si difficile de prononcer ces mots, ceux qui resteront gravés dans la mémoire de nos proches comme étant les derniers.

Armande sanglote dans les bras de son fils. Impossible pour moi de la regarder sans m'écrouler. Je fixe donc ce train immense, mon train, pour qu'il me sauve. J'ai si hâte de monter à bord pour mettre un terme à ces minutes étouffantes qui précèdent la séparation.

Pierrot me tend la main pour que je la serre, comme le font les hommes entre eux. Il ne sait pas à quel point il s'agit d'un terrible manquement aux règles de l'étiquette. J'empoigne cette main sans hésiter.

— Vous allez me manquer, mademoiselle Mathilde.

— Je reviendrai.

— Je sais.

Armande n'a qu'à poser ses doigts sur ma joue, comme elle le faisait quand j'étais enfant, pour que je comprenne à quel point elle voudrait monter à bord avec moi.

Les sirènes sifflent. C'est maintenant l'heure.

Le train s'éloigne et Montréal s'évanouit bientôt dans un nuage de fumée. Partir vers l'inconnu est une forme de soulagement. Le chemin semble tracé d'avance. En décédant, mon père ignorait sans doute qu'il ouvrait pour moi la route la plus probable de la liberté.

Carmen

Je suis assise à la table, fixant le livre *Crainte et Tremblement*. Charles entre dans l'appartement. Il jette un coup d'œil furtif au titre. Je tente de le cacher. Sans succès. Il prend place près de moi.

— Tu lis Kierkegaard?

— Non. Je regarde le livre. Sans avoir l'intention de l'ouvrir. C'est drôle, l'agencement des lettres dans ce nom de famille.

Il n'y a pas la moindre goutte de sarcasme dans ma phrase, mais il ne le sait pas. Qui d'autre que moi aurait l'idée d'interroger une page couverture en attendant qu'elle lui réponde?

— Charles, je me demande... Est-ce que le fait de m'être réveillée dans ton lit l'autre jour me donne la permission de te poser une question... intime?

Il a un mouvement de recul.

— Je n'ai jamais consulté pour mon problème. J'ai peur du diagnostic. On m'a dit que c'était peut-être un dérèglement de la glande thyroïde...

Une protestation m'échappe. Presque un cri.

— Nooooooon! Oh, pas ce genre de question-là!

Il attend la suite, impassible.

— Est-ce que tu crois que je suis folle?

Le temps qu'il met à répondre m'inquiète. Je poursuis donc:

— Je sais que ça sonne comme une question piège, mais ce n'en est pas une. J'ai des hauts et des bas. Je ne sais pas ce que je veux. J'ai de l'ambition, mais je sabote ce que j'entreprends. Je meurs d'envie d'être quelqu'un d'autre, un peu plus comme toi, tiens. Toujours pareil. Calme. Posé. J'entreprends quelque chose, puis je change d'idée. J'avance, je recule. C'est quoi au juste, ces sautes d'humeur? Qui pilote mon navire? Tu dois te demander pourquoi je te parle de tout ça? À toi?

Il demeure muet.

— Ma meilleure amie n'aurait probablement pas le temps d'écouter mon monologue. Je viens de me faire larguer par mon semblant de *chum* au profit d'un philosophe danois mort il y a plus d'un siècle. Je suis seule.

Silence.

— Tu ne dis rien? Chaque jour où on s'est croisés dans le corridor, tu as songé à changer d'appart? Me trouves-tu narcissique? C'est vrai. Je ne suis pas gentille. Je chasse les gens. Ils vont se terrer au fond de pays brumeux pour me fuir… Il ne me reste que toi. Parle-moi!

Charles pose une main sur mon front et essuie une de mes larmes avec son pouce. Une larme. Oui, c'est une larme. J'en rêvais depuis des semaines. Souffrant d'indifférence et de froid. Je me croyais incurable. J'avais tort. Je pleure. Ça fait un bien immense. J'arrose la table, le napperon. Il y en a partout. Je n'ai même pas de Kleenex. Je m'essuie dans ma manche. Charles ne s'est pas encore levé pour tout nettoyer. Il attend.

Je réussis à reprendre mon souffle entre deux sanglots.

— Je vais changer, Charles. Je te le promets.

Il me prend dans ses bras. Doucement. Il murmure:

— J'espère que non. Ce qu'on te reproche, cultive-le, c'est toi, comme le disait Cocteau.

Il relâche son étreinte.

Dans un instant de malaise, il prend le livre d'Arthur et le feuillette.

— Tiens, c'est curieux, il y a quelque chose d'écrit à la main. C'est presque illisible.

Mon espoir renaît.

— Arthur?

— Je ne crois pas.

Il me tend le bouquin pour que je puisse constater que cette calligraphie d'un autre temps m'est inconnue.

J'ai choisi de quitter Montréal parce que je n'ai pas su te demander si tu voulais m'épouser. Les femmes ne

*doivent pas avouer ces choses, mais les garder en elles
et espérer. Je ne veux pas attendre de réponse, car elle
m'effraie trop. Je préfère songer à toi tous les jours
comme si j'étais certaine que tu m'aimais.*

— Tu sais, Charles, moi, attendre de voir ce que la vie
me propose, ce n'est pas trop mon truc. Fuir non plus. Je
pense que je vais aller faire un tour au Danemark. Je ne sais
pas où est Arthur, mais une fois à Copenhague, je vais bien
le trouver quelque part. C'est gros, à ton avis?

Il hausse les épaules, nullement impressionné par mon
nouveau discours.

Tandis que je me dirige vers la salle de bain pour me laver
le visage à l'eau froide, j'aperçois le calendrier.

Charles a tourné la page. C'est déjà décembre.

Hélène Rompré

Hélène Rompré a étudié les communications, les arts libéraux et la création littéraire avant d'obtenir un doctorat en histoire. Spécialiste de l'Amérique du Sud, elle est auteure de deux romans pour la jeunesse, de nouvelles et d'articles scientifiques. Elle enseigne au cégep et à l'université. Dans ses temps libres, elle se consacre à une autre de ses passions, l'histoire des femmes au Québec.

AUX ÉDITIONS PIERRE TISSEYRE

DONALD ALARIE
  Les Figurants

HUBERT AQUIN
  L'antiphonaire

YVES E. ARNAU
  Laurence
  La mémoire meurtrie
  Les Olden. La suite

C. BERESFORD-HOWE
  Le livre d'Ève
  Cours du soir

GÉRARD BESSETTE
  Anthologie
    d'Albert Laberge
  La bagarre
  Le libraire
  Les pédagogues

ALAIN BORGOGNON
  Le cancer

FRANCIS BOSSUS
  Tant qu'il pleuvra
    des hommes
  Quand la mort est
    au bout
  La couleur du rêve
  La tentation du destin

JEAN DE BRABANT
  Rédigez vos contrats

MOLLEY CALLAGHAN
  Telle est ma bien-aimée
  Cet été-là à Paris
  Clair-obscur

EMILY CARR
  Klee Wick
  Les maux de la
    croissance

JEAN-CLAUDE CASTEX
  Les grands dossiers
    criminels du Canada
  (deux volumes)

LAURIER CÔTÉ
  Zangwill
  Abominable homme
    des mots

PIERRE DESROCHERS
  Ti-cul Desbiens ou le
    chemin des grèves
  Les années inventées

JACQUES GAUTHIER
  Chroniques de l'Acadie
  (quatre volumes)

LOUIS GAUTHIER
  Anna
  Les grands légumes
    célestes vous parlent

DIANE GIGUÈRE
  L'eau est profonde
  Le temps des jeux
  Dans les ailes du vent
  L'abandon

MONIQUE DE GRAMONT
  Le maître du jeu

CLAUDE JASMIN
  La corde au cou

DENNIS JONES
  Le plan Rubicon
  Palais d'hiver

SUSANNE JULIEN
  Mortellement vôtre
  Œil pour œil
  Le ruban pourpre

Le vol bas du héron
Le fossile
L'Américaine
de Da Nang

MORDECAI RICHLER
Duddy Kravitz

GEORGES ROBERT
Marcel Aymé est revenu

JEAN-JACQUES ROUSSEAU
Voyage de Pehr Kalm

DANIEL SERNINE
Manuscrit trouvé dans
un secrétaire

JEAN-FRANÇOIS SOMAIN
Dernier départ
Karine
La nuit du chien-loup
Le soleil de Gauguin
Les visiteurs du pôle
Nord
Vingt minutes d'amour
Sortir du piège

HENRY STEINBERG
Les dessous du Palais
Le rendez-vous
des saints

YVES STEINMETZ
Ainsi font les cigognes

LOUIS TARDIF
Les Assoiffés

GILBERT TARRAB
Théâtre en ut mineur

MICHELLE TISSEYRE
La passion de Jeanne
– Une rose tardive
– Avant Guernica

PIERRE TISSEYRE
L'art d'écrire
55 heures de guerre
Lorsque notre litté-
rature était jeune
(entretiens avec
Jean-Pierre Guay)

PAUL TOUPIN
Le deuil d'une
princesse

BERTRAND VAC
La favorite et le
conquérant
Le carrefour des géants
Mes pensées profondes

JEAN VAILLANCOURT
Les Canadiens errants

PATRICK WATSON
En ondes dans cinq
minutes

RUDY WIEBE
Les tentations
de Gros-Ours
Louis Riel, la fin
d'un rêve

MEL B. YOKEN
Entretiens québécois
(trois volumes)